KB118122

공간의 종류들

ESPÈCES D'ESPACES
by Georges Perec

Copyright © ÉDITIONS GALILÉE, 1974/2000

Korean translation copyright
© Munhakdongne Publishing Corp., 2019
All rights reserved.

This Korean edition was published by
arrangement with ÉDITIONS GALILÉE
through Bestun Korea Agency Co., Seoul.

이 책의 한국어판 저작권은 베스툰 코리아
에이전시를 통해 프랑스 ÉDITIONS GALILÉE사와
독점 계약한 (주)문학동네에 있습니다.
저작권법에 의해 한국 내에서 보호를 받는
저작물이므로 무단 전재 및 무단 복제를 금합니다.

조르주 페렉 지음

공간의 종류들

김호영 옮김

문학동네

김호영

한양대학교 프랑스언어문화학과 교수

조르주 페렉 선집을 펴내며

조르주 페렉은 20세기 후반 프랑스 문학을 대표하는 위대한 작가다. 작품활동 기간은 15년 남짓이지만, 소설과 시, 희곡, 시나리오, 에세이, 미술평론 등 다양한 장르를 넘나들며 전방위적인 글쓰기를 시도했다. 1982년 45세의 나이로 생을 마감할 무렵에는 이미 20세기 유럽의 가장 중요한 작가 중 한 사람으로 평가받았다. 시대를 앞서가는 도전적인 실험정신과 탁월한 언어감각, 방대한 지식, 풍부한 이야기, 섬세한 감수성으로 종합적 문학세계를 구축한 대작가로 인정받았다.

문학동네에서 발간하는 조르주 페렉 선집은 한 작가를 소개하는 것에서 한 걸음 더 나아가 독자들의 기억에서 어느덧 희미해진 프랑스 문학의 진면목을 다시금 일깨우는 계기가 될 것이다. 특히 20세기 후반에도 프랑스 문학이 치열한 문학적 실험을 벌였고 문학의 새로운 지평을 개척하기 위해 각고의 노력을 기울였다는 사실을 생생히 전해주는 소중한 자산이 될 것이다. 근래에 프랑스 문학이 과거의 화려한 명성을 잃고 적당한 과학상식이나 기발한 말장난, 가벼운 위트, 감각적 연애 등을 다루는 소설로 연명해왔다는 판단은 정보 부족으로 인한 독자들의 오해에서 비롯된 것이다. 지난 세기말까지도 일군의 프랑스 작가들은 고유한 문학적 전통을 이어가는 동시에 그것을 뛰어넘기 위해 다양한 글쓰기를 시도해왔다. 그리고 그 최전선에 조르주 페렉이란 작가가 있었다.

5

이번 선집에 수록된 작품들, 『잠자는 남자』『어렴풋한 부티크』 『공간의 종류들』『인생사용법』『어느 미술애호가의 방』『생각하기/분류하기』『겨울 여행/어제 여행』 등은 페렉의 방대한 문학세계의 일부를 이루지만, 그의 다양한 문학적 편력과 독창적인 글쓰기 형식을 집약적으로 보여주는 중요한 작품들이다. 이로써 우리는 동시대 사회와 인간에 대한 그의 예리한 분석을, 일상의 공간과 사물들에 대한 정치한 소묘를, 개인과 집단의 기억에 대한 무한한 기록을, 미술을 비롯한 예술 전반에 대한 해박한 지식을 만날 수 있다. 20세기 후반 독특한 실험문학 모임 '울리포OuLiPo'의 일원이었던 페렉은 다양한 분야와 장르를 넘나들며 문학의 영역을 확장하는 데 도움이 될 만한 기발한 재료들을 발견했고, 투철한 실험정신을 발휘해 이를 작품 속에 녹여냈다. 그러나 그가 시도한 실험들 사이사이에는 삶의 평범한 사물들과 일상의 순간들, 존재들에 대한 따뜻한 시선이 배어 있다. 이 시선과의 마주침은 페렉 선집을 읽는 또하나의 즐거움이리라.

수많은 프랑스 문학 연구자들의 평가처럼, 페렉은 플로베르 못지않게 정확하고 냉정한 묘사를 보여주었고 누보로망 작가들만큼 급진적인 글쓰기 실험을 시도했으며 프루스트의 섬세하고 예리한 감성을 표현해냈다. 그 모두를 보여주면서, 그 모두로부터 한 발 더 나아가려 했던 작가. 20세기 중반 이후 서구 작가들이 형식적으로든 내용상으로든 더이상 새로운 것을 만들어낼 수 없다는 자조에 빠져 있을 때, 페렉은 아랑곳하지 않고 문학의 안팎을 유유히 돌아다니며 '익숙하면서도 새로운' 무언가를 만들어 독자들 앞에 끊임없이 펼쳐 보였다. 페렉 문학의 정수를 담고 있는 이번 선집은 20세기 후반 프랑스 문학이 걸어온 쉽지 않은 도정을 축약해 제시하는 충실한 안내도 역할을 해줄 것이다. 나아가 언젠가부터 새로움을 기대하기 어려워진 우리 문학에도 분명한 지표를 제시해줄 것이다.

작가의 말

우리 삶의 공간은 연속적이지도, 무한하지도, 동질적이지도, 등방等方적이지도 않다. 그런데 우리는 공간이 어디서 부서지고, 어디서 휘며, 어디서 분리되고, 어디서 다시 모이는지 정확히 알고 있을까? 우리는 균열들, 간격들, 마찰점들을 어렴풋이 지각하며, 때때로 공간이 어딘가에 붙박이거나, 부서지거나, 부딪치는 것을 막연하게 느낀다. 아주 가끔씩 공간에 대해 더 많이 알아볼까 하다가도, 대개는 공간들 사이의 거리를 측정해본다거나 그 공간을 점유한다거나 고려해볼 생각은 하지 않은 채 한 장소에서 다른 장소로, 한 공간에서 다른 공간으로 지나쳐버린다. 문제는 공간을 창조하는 것도, 그렇다고 그것을 재창조하는 것도 아니다(오늘날에는 너무 많은 호의적인 사람들이 우리의 환경을 생각하며 그렇게 하고 있지만⋯⋯). 중요한 것은 공간에 대해 질문하는 것, 혹은 좀더 단순히 말해 공간을 읽는 것이다. 왜냐하면 우리가 일상성이라고 부르는 것은 명확한 것이 아니라 불명료한 것이기 때문이다. 즉 실명의 형태, 지각마비의 형태인 것.

　이 기본적이고 객관적인 사실로부터, 한 공간 사용자의 일기인 이 책이 시작되었다.

G.P.

일러두기

1. 이 책은 다음의 원서를 옮긴 것이다.
Georges Perec, *Espèces d'espaces*,
Paris: Galilée, 2010.

2. '*'로 표시된 본문 주는 옮긴이주이며, 숫자가
달린 주는 원주이다.

3. 책제목이나 외래어 이외에, 원서에서 특별히
이탤릭체나 대문자로 강조한 단어는 고딕체로
표시했다.

4. 단행본이나 잡지는 『 』로, 논문은 「 」로, 노래,
그림, 공연 등은 〈 〉로 표시했다.

피에르 게즐레*에게

＊Pierre Getzler. 페렉의 친구로, 부모와 함께
처음 몇 년간 살았던 빌랭거리에 대한 기억을
페렉에게 환기시켜준 인물. 빌랭거리가 도시
계획에 따라 재개발될 것이라는 사실을 알려준
게즐레 덕에, 페렉은 자신의 '장소들Les lieux'
프로젝트에 이 거리에 대한 묘사를 포함시켰다.

차례

그림 1. 태평양 지도
(루이스 캐럴, 『스나크 사냥』*에서 발췌)

＊The Hunting of the Snark(1876). 알파벳 B로
시작하는 직업을 가진 여덟 명의 인간과 비버의
환상적이고 기괴한 모험담을 다룬 루이스 캐럴의
긴 서사시.

공간

자유로운 공간

닫힌 공간

권리를 상실한 공간

공간의 결핍

계산된 공간

녹색 공간

생명의 공간

위태로운 공간

공간 안에서의 위치

발견된 공간

공간의 발견

비스듬한 공간

순결한 공간

유클리드의 공간

공중의 공간

회색 공간

비틀어진 공간

꿈의 공간

공간의 경계

공간 안에서의 산책

공간 안에서의 기하학

공간을 쓸고 지나가는 시선

시간 공간

측정된 공간

공간의 정복

죽은 공간

한순간의 공간

천상의 공간

상상의 공간

해로운 공간

백색 공간

내부 공간

공간의 보행자

부서진 공간

정리된 공간

체험한 공간

무른 공간

사용 가능한 공간

돌아다닌 공간

공간 지도

공간 유형

주변 공간

공간 일주

공간의 가장자리에서

아침의 공간

공간 안에서 초점을 잃은 시선

광대한 공간

공간의 변동

잘 반향되는 공간

문학적 공간

공간의 오디세이아

서문

이 책의 대상은 정확히 말해 빈 곳이 아니다. 그보다는, 주위에 있는 곳 혹은 내부에 있는 곳일지 모른다.(그림 1 참조) 어쨌든 처음에는 별것도 아닌 곳이다. 아무것도 아닌 곳, 만질 수 없는 곳, 실제로 비물질적인 곳. 넓이를 갖는 곳, 외부에 있는 곳, 우리 외부에 있는 곳, 우리가 이동해가는 도중에 있는 곳, 주위 환경, 주변 공간.

공간. 단지 침묵만 이어지다가 결국 두려움 비슷한 무언가를 촉발시키는 무한대의 공간들이 아니라, 혹성 간이나 항성 간 혹은 은하계 사이의 이미 거의 파악된 공간들이 아니라, 적어도 원론상으로는 훨씬 더 가까운 공간들. 예를 들면, 도시들 혹은 시골들 혹은 지하철 통로들 혹은 공원들.

우리는 공간 안에, 이 공간들 안에, 이 도시들 안에, 이 시골들 안에, 이 통로들 안에, 이 정원들 안에 살고 있다. 이것은 우리에게 명백해 보인다. 어쩌면 정말로 그렇게 명백해야 하는지 모른다. 그러나 이것은 명백하지 않으며, 자명하지도 않다. 물론 이것은 현실이니, 필경 합리적인 명제일 것이다. 하지만 건드려볼 수 있는 문제다. 더 나아가 꿈꿔볼 수도 있다. 그 어떤 것도, 예를 들어 우리가 도시도 아니고 시골도 아닌 (그리고 교외도 아닌) 곳을, 혹은 지하철 통로이자 동시에 정원인 곳을 떠올리는 일을 막지는 못한다. 그 무

15

엇도 우리가 들판 한가운데에 있는 지하철을 상상하는 것을 막지 못한다(심지어 나는 이 주제와 관련된 광고 하나를 본 적이 있는데, 뭐랄까, 그것은 일종의 광고 캠페인*이었다). 아무튼 확실한 것은, 우리 중 누구도 분명한 기억이라고는 없을 만큼 아주 먼 옛날의 어느 시대에는, 이 모든 것 중 그 어떤 것도 존재하지 않았다는 사실이다. 통로도, 정원도, 도시도, 시골도. 문제는 어떻게 우리가 여기에 도달했느냐를 아는 것이 아니라, 우리가 여기 도달했다는 사실을, 우리가 여기에 있다는 사실을 인지하는 일이다. 하나의 공간, 하나의 아름다운 공간, 하나의 아름다운 주변 공간, 우리를 둘러싼 하나의 아름다운 공간만 존재하는 것은 아니다. 수많은 작은 공간조각들이 있다. 그중 하나는 지하철 통로고, 다른 하나는 공원이다. 또다른 하나는(여기서 곧바로 훨씬 더 특화된 공간들로 들어가보면), 처음엔 비교적 하찮은 규모였다가 꽤 거대한 영역으로 발전해 파리가 되었다. 그사이, 초기에 그보다 꼭 덜 특별하지도 않던 인근의 한 공간은 퐁투아즈가 되는 데 만족한다. 또, 훨씬 더 크고 대략 육각형인 다른 한 공간조각은 굵은 점선(이 점선 궤적의 일부가 되려는 단 하나의 이유로 수많은 사건이 일어났고, 그중 어떤 사건들은 유난히 심각했다)으로 둘러싸이게 되었다. 그 점선의 내부에 있는 모든 것이 보라색으로 칠해져 프랑스라 불리기로 결정된 반면, 점선의 외부에 있는 모든 것은 다른 방식으로 칠해졌고(하지만 이 육각형 외부에서는 어떤 것도 똑같은 색으로 칠해지기를 바라지 않았다. 이 공간조각은 자신만의 색깔을 갖고 싶어했고, 저 공간조각은 다른 색을 원했다. 거기서 유명한 사색四色 위상학 문제가 발생하며, 오늘날에도 여전히 해결되지 않고 있다) 다른 이름으로 부르기로 결정되었다(사실 적지 않은 시간 동안, 이 육각형에 속하지 않고 대부분 그로부터 아주 멀리 떨어져 있는 공간조각들을 우리는 보라색으로 칠하

16

*campagne publicitaire. 페렉은 이 단어를 이중적 의미로 사용했다. 일반적으로 '광고 캠페인'을 뜻하지만, 맥락에 따라 '광고하는 시골'로 해석될 수도 있다.

려고—동시에 프랑스라고 부르고자—수없이 요구해왔다. 하지만 대개 그런 요구는 훨씬 더 적게 받아들여졌다).

요컨대, 공간들은 증식해왔고 분할되어왔으며 여러 가지로 변해왔다. 오늘날에는 온갖 크기와 온갖 종류의 공간이 존재하고, 갖가지 용도와 갖가지 기능을 지닌 공간이 존재한다. 산다는 것, 그것은 최대한 부딪치지 않으려 애쓰면서 하나의 공간에서 다른 공간으로 이동하는 것이다.

혹은 좀더 나아가보면:

1막
하나의 목소리(off): 북쪽에, 아무것도 없다.
　　　　　　　　남쪽에, 아무것도 없다.
　　　　　　　　서쪽에, 아무것도 없다.
　　　　　　　　동쪽에, 아무것도 없다.
　　　　　　　　가운데에, 아무것도 없다.
막이 내린다. 1막 끝.

2막
하나의 목소리(off): 북쪽에, 아무것도 없다.
　　　　　　　　남쪽에, 아무것도 없다.
　　　　　　　　서쪽에, 아무것도 없다.
　　　　　　　　동쪽에, 아무것도 없다.
　　　　　　　　가운데에, 텐트 하나가 있다.
막이 내린다. 2막 끝.

마지막 3막
하나의 목소리(off): 북쪽에, 아무것도 없다.

17

　　　　　남쪽에, 아무것도 없다.
　　　　　서쪽에, 아무것도 없다.
　　　　　동쪽에, 아무것도 없다.
　　　　　가운데에, 텐트 하나가 있다,
　　　　　그리고
　　　　　텐트 앞에
　　　　　'리옹 누아르'라는 구두약으로
　　　　　군화 한 짝을 닦고 있는
　　　　　당번병!

막이 내린다.
3막이자 마지막 막 끝.

　　　　　　　　　　　　　　　　　　　익명의 저자.
　　　　　　　　　　　　　　1947년경에 알았고, 1973년에 회상하다.

혹은 더 나아가보면:

　　　　　파리에, 거리 하나가 있다;
　　　　　이 거리에, 집 하나가 있다;
　　　　　이 집에, 계단 하나가 있다;
　　　　　이 계단에, 방 하나가 있다;
　　　　　이 방에, 탁자 하나가 있다;
　　　　　이 탁자 위에, 보 하나가 있다;
　　　　　이 보 위에, 새장 하나가 있다;
　　　　　이 새장 안에, 둥지 하나가 있다;
　　　　　이 둥지 안에, 알 한 개가 있다;
　　　　　이 알 안에, 새 한 마리가 있다.
　　　　　새가 알을 뒤엎었다;

18

알이 둥지를 뒤엎었다;
둥지가 새장을 뒤엎었다;
새장이 보를 뒤엎었다;
보가 탁자를 뒤엎었다;
탁자가 방을 뒤엎었다;
방이 계단을 뒤엎었다;
계단이 집을 뒤엎었다;
집이 거리를 뒤엎었다;
거리가 파리를 뒤엎었다.

폴 엘뤼아르,
「되세브르의 동요」『의도되지 않은 시와 의도된 시』

페이지
La Page

"나는 나를 돌아다니기 위해 글을 쓴다."
―앙리 미쇼

1

나는 쓴다……

나는 쓴다: 나는 쓴다……

나는 쓴다: "나는 쓴다……"

나는 내가 쓴다고 쓴다……

등등.

나는 쓴다. 나는 페이지에 단어들을 적는다.

글자가 하나씩 더해지면서, 텍스트가 만들어지고, 명확해지고, 확고
해지며, 고정되고, 굳어진다.

행 하나가 꽤 정확하게 수

평

적

으

로

흰 종이에

놓이고, 순결한 공간을 검게 물들이며, 그곳에 하나의 의미를 부여
하고, 그곳을 매개 공간으로 만든다.

왼쪽에서   오른쪽으로

위

에

서

아

래

로

이전에는, 아무것도 또는 거의 아무것도 없었다. 이후에는, 대단한 것은 없지만 몇몇 기호가 있다. 이 기호들만으로도 위와 아래가 생기고, 시작과 끝, 오른쪽과 왼쪽, 앞면과 뒷면이 생긴다.

2

종이(관공서에서 사용하고 모든 문구점에서 판매하는 국제 규격 모델) 한 장의 면적은 623.7제곱센티미터다. 1제곱미터 공간을 채우려면 16페이지 조금 넘게 글을 써야 한다. 책 한 권의 평균 크기가 21×29.7센티미터라고 가정할 때, 국립도서관에 보관된 모든 인쇄 저작물의 양장을 벗겨서 꼼꼼하게 페이지들을 한 장 한 장 나란히 펼쳐놓으면 세인트헬레나섬 또는 트라시메노호수 전체를 덮을 수 있을 것이다.

24

우리는 또한 알렉상드르 뒤마(아버지)의 작품들 인쇄에 필요한 종이를 생산하기 위해 베어내야 했던 숲의 헥타르를 계산해볼 수도 있을 것이다. 생각해보니, 뒤마는 각각의 돌에 자기 작품들 중 한 제목을 새겨넣어 탑을 쌓게 한 적이 있다.

3

나는 쓴다. 나는 내 종잇장에서 살고 있고, 그것에 정성을 쏟으며, 그 종잇장 속을 돌아다닌다.

나는 공백들, 간격들(의미상의 튀어오름들: 불연속성, 변화, 전이)을 생기게 한다.

나는
가장자리에
쓴다……

나는

행으로 돌아온다. 나는 페이지 아래의 주석을 참조하게 한다.[1]
나는 종이를 바꾼다.

4

적어도 어떤 글쓰기로든 흔적을 남기지 않는 사건이란 거의 없다. 어느 순간 혹은 또다른 순간에, 거의 모든 사건이 종이 한 장이나 수첩 한 페이지로든, 다이어리 한 장이나 다른 어떤 임시변통의 소재素材(지하철 티켓, 신문의 여백, 담뱃갑, 봉투 뒷면 등)로든 흔적을 남긴다. 임시변통의 소재에는, 삶의 평범한 부분을 이루는 다양한 요소 중 이것 또는 저것이 일정하지 않은 각기 다른 속도로, 그리고 장소나 시간, 기분에 따라 달라지는 다채로운 기술들로 기록된다. 나의 경우(그런데 아마도 나는 너무 잘 고른 예일 것이다. 나의 주된 활동 중 하나가 바로 글쓰기이기 때문이다), 그것은 급히 주소를 적는다든가, 서둘러 약속을 메모한다든가, 수표나 봉투 또

25

---

1. 나는 페이지 아래의 주석을 아주 좋아한다, 거기에 특별히 밝힐 게 없더라도.

는 소포를 작성하는 것에서부터 행정 관련 편지를 힘겹게 작성하는 것에 이르며, 서식(세금신고서, 의료보험청구용 진료기록표, 가스 및 전기 요금의 자동징수신청서, 정기구독명세서, 계약서, 임대차계약서, 계약변경서, 영수증 등)을 기입해야 하는 지겨운 일에서부터 아주 급하게 사야 할 쇼핑 리스트(커피, 설탕, 고양이 톱밥, 보드리야르 책, 75와트 전구, 건전지, 행주 등) 작성까지, 로베르 쉬피옹의 낱말맞추기 게임처럼 가끔씩 다소 어려운 문제 풀이부터 마침내 정서淨書해 나온 어떤 텍스트의 필사까지, 어느 평범한 강연에서 메모를 하는 일에서부터 요령을 제시할 만한 어떤 것(말장난, 말 던지기, 글자놀이, 또는 우리가 보통 '아이디어'라고 부르는 것)을 순간적으로 갈겨쓰는 일까지, 문학적 '작업'(글쓰기, 그렇다, 탁자에 자리잡고 앉아 글쓰기, 타자기 앞에 자리잡고 글쓰기, 하루종일 혹은 밤새 내내 글쓰기, 계획 세우기, 대문자 I들과 소문자 a들을 적어넣기, 초안 만들기, 한 단어 옆에 다른 단어 배열하기, 사전 찾아보기, 다시 베껴쓰기, 다시 읽기, 삭제하기, 버리기, 다시 쓰기, 분류하기, 되찾기, 영감이 오기를 기다리기, 항상 알맹이 없는 서투른 글처럼 보이는 어떤 것에서 텍스트와 유사한 어떤 것을 끌어내려 노력하기, 그 단계에 도달하기, 그 단계에 도달하지 못하기, —이따금— 미소짓기 등)에서부터 아주 간단한 (단순하면서도 돈벌이를 위한) 작업까지를 아우른다. 예를 들면, 생명과학(라이프 사이언스) 분야에 해당하는 거의 모든 것의 개요를 제공하는 한 잡지에, 서지자료 조사 담당자라고 간주되는 나를 포함해 연구자들의 흥미를 끌 수 있는 제목들 표시하기, 자료카드 만들기, 참조사항들 모으기, 실험내용 교정하기 등.

26

   기타 등등.

5

공간은 이렇게 오직 단어들, 흰 종이에 적힌 기호들과 함께 시작된다. 공간을 묘사하기: 공간을 명명하기, 공간을 글로써 그리기, 해도* 제작자들처럼 해안을 항구의 이름들로, 곶의 이름들로, 작은 만의 이름들로 채워넣어, 마침내 육지와 바다가 오로지 연속되는 하나의 텍스트 띠로만 분리되게 만들기. 알레프, 전 세계가 동시에 보이는 이 보르헤스의 장소**는 바로 알파벳이지 않을까?

공간 목록espace inventaire, 발명된 공간espace inventé: 공간은, 『프티 라루스 그림사전』***의 구판본들에서 지리용어라 할 수 있는 것들 65개가 60제곱센티미터 위에 기적적으로 모여 의도적으로 추상적으로 표현된 이 표본 지도와 함께 시작된다. 거기엔 사막이 있고 오아시스와 일시적으로 생긴 강과 염수호鹽水湖가 있으며, 샘과 시냇물, 격류, 하천, 운하, 합류점, 큰 강, 강어귀, 하구, 삼각주가 있고, 바다와 섬들, 군도, 작은 섬들, 암초들, 장애물들, 부서지는 파도들, 사취砂嘴가 있으며, 해협과 지협과 반도와 내포內浦와 협로와 만과 작은 만과 곶과 작은 내포와 뾰족 튀어나온 지형과 갑岬과 작은 반도가 있고, 석호와 절벽이 있고, 사구가 있고, 해변과 못과 늪지가 있으며, 호수가 있고, 산과 봉우리, 빙하, 화산, 지맥, 사면斜面, 고개, 좁은 길이 있으며, 평원과 고원과 비탈과 언덕이 있고, 도시와 그 도시의 정박지와 항구와 등대가 있다……

27

유사 공간, 전문용어를 위한 단순한 구실: 단어들에 의해 생겨난 이 공간, 이 유일한 사전事典 공간, 이 유일한 종이 공간을, 생동하게 하고 사람들로 가득 채우고 무언가로 채우고자 눈까지 감을 필요는 없

---

*海圖. 13세기~15세기에 유럽에서 사용되었던 항해지도. 주로 항구와 위험물들을 표시했다.
**보르헤스가 그의 단편소설 「알레프Aleph」에서 밝힌 '알레프'의 의미는 다음과 같다. 헤브라이어의 '첫번째 알파벳'이자 '처음'을 뜻하고, 나아가 '시공간이 한곳에 존재하는 지점'이자 '우주의 공간이 축소되지 않은 채 들어 있는 공간'을 뜻한다.

***프랑스에서 학생부터 성인까지 모든 일반인이 참고하는 대표적인 소형 백과사전.

다. 가령, 증기기관차에 달린 긴 화물열차 하나가 고가다리 위를 지나간다. 자갈을 실은 수송선들이 긴 자국을 내며 운하들을 통과한다. 작은 돛단배들이 호수 위를 항해한다. 거대한 대서양횡단 정기선 하나가 예선曳船들의 호위를 받으며 항구의 정박지로 들어온다. 아이들이 해변에서 공놀이를 한다. 오아시스의 그늘진 오솔길을 커다란 밀짚모자를 쓴 한 아랍인이 당나귀를 타고 지나간다……

도시의 거리들은 자동차들로 꽉 차 있다. 터번을 두른 한 주부가 창가에서 양탄자를 턴다. 교외의 작은 정원들에서는 열 명 남짓한 묘목 가꾸는 이들이 과일나무 가지들을 잘라내고 있다. 한 분견대가 받들어총을 하는 동안, 삼색 스카프를 착용한 한 공직자가 어느 장군의 동상 제막식을 거행한다.

초원에는 암소들이 있고, 포도밭에는 포도 재배자들이, 숲속에는 나무꾼들이, 산에는 등산가들의 대열이 있다. 구불구불한 작은 길을 힘들게 올라가는 자전거 탄 우체부가 있다. 강가에는 빨래하는 여자들이 있고, 길가에는 도로보수 인부들이 있으며, 암탉에게 먹이를 주는 여자 농부들이 있다. 두 명씩 열을 지어 학교 운동장으로 나가는 아이들이 있다. 거대한 유리 빌딩들 가운데 홀로 서 있는 19세기 말 양식의 전원주택이 있다. 창가에는 비시정부 시대 스타일의 작은 커튼이 쳐 있고, 햇볕에 몸을 쬐는 고양이 한 마리가 있으며, 짐을 가득 들고 택시를 소리쳐 부르는 한 부인이 있고, 공공건물 앞에서 경비를 서는 보초병이 있다. 화물차를 채우고 있는 청소부들이 있고, 건물의 비계를 세우는 외관 미장이들이 있다. 작은 공원들에는 유모들이 있고, 강둑을 따라 중고서적 상인들이 있다. 빵집 앞에는 차례를 기다리는 줄이 있고, 강아지를 산책시키는 한 신사가 있으며, 벤치에 앉아 신문을 읽는 다른 신사가 있고, 구역의 집들을 부수는 노동자들을 바라보는 또다른 신사가 있다. 교통정리를 하는 한 순경이 있다. 나무에는 새들이 있고, 강에는 선원들이 있으며, 강둑에는 낚시꾼들이 있다. 상점 셔터를 올리는 잡화점 여주인이 있다. 군밤 장수들이 있고, 하수도 청소부들이 있으며, 신문팔이가 있다. 장보는 사람들이 있다.

부지런한 열람자들이 도서관에서 책을 읽고 있다. 교수들이 강의하고 있다. 학생들이 필기하고 있다. 회계원들이 수열들을 늘어놓고 있다. 과자제조 견습생들이 줄지어 놓인 작은 슈크림빵들의 속을 버터크림으로 채우고 있다. 피아니스트들이 음계 연습을 하고 있다. 탁자 앞에 앉아, 깊은 생각에 잠겨 집중하고 있는 작가들이 단어들을 늘어놓고 있다.

에피날 판화.* 마음이 놓이는 공간.

*image d'Épinal. 19세기 프랑스 에피날에서 만들어진 교훈적인 내용의 통속화. 도식적이고 낙관적인 현실 묘사가 특징이다.

침대
Le Lit

"오랫동안 나는 글을 쓰다가 잠들었다."
—파르셀 므루스트*

*이 인용구는 프루스트의 『잃어버린 시간을
찾아서』의 첫 구절 "오랫동안 나는 이른 시간에
잠들었다Longtemps, je me suis couché de
bonne heure"를 일부 변형한 것이다(제1권
「스완의 집 쪽으로」, 1913). 파르셀 므루스트
Parcel Mroust는 마르셀 프루스트Marcel Proust
의 이니셜을 장난스럽게 바꾼 것.

1

우리는 일반적으로 페이지를 길이가 좀더 긴 방향으로 사용한다. 침대의 경우도 마찬가지다. 침대는(바꿔 말해 페이지라 해도) 가로보다 세로가 더 긴 직사각형 공간인데, 우리는 그 안에 또는 그 위에 보통 세로 방향으로 눕는다. 요정 이야기들(예를 들어 엄지동자와 그 형제들, 도깨비의 일곱 딸들*)에서나 아주 비일상적이고 총체적으로 심각한 조건들(집단 이주, 폭격의 여파 등)에서만 '이탈리아식' 침대**를 발견할 수 있다. 우리가 가장 흔히 사용하는 방향으로 침대를 사용할 때조차도, 거기서 여러 명이 자야 한다는 건 거의 항상 재난신호가 된다. 침대는 여러 사람이 아니라 한 사람 혹은 두 사람의 야간 휴식을 위해 고안된 도구다.

침대는 그러므로 훌륭한 개인 공간이며 육체를 위한 최소한의 공간(침대-단자***)이고, 빚 투성이의 인간조차도 간직할 권리가 있는 공간이다. 집달리라 해도 그에게 당신의 침대를 압류할 권한은 없다. 이는 또한 실생활에서 쉽게 확인할 수 있듯, 우리가 우리의 침대라 할 만한 침대를 단 하나만 갖고 있다는 사실을 의미한다. 주택이나 아파트에 다른 침대들이 있을 경우, 보통 그것은 친구들을 위

33

*모두 샤를 페로의 동화 『엄지동자』(1697)에 등장하는 인물들이다.
**18세기 말 유럽의 귀족층과 왕가에서 유행했던 침대 유형. 커튼과 지붕이 있으며, 가로와 세로 길이도 다양하게 변형되었다.

***monade. 라이프니츠 철학에서 실재의 형이상학적 단위.

한 침대들이거나 보조 침대들이다. 사람들은 자신의 침대에서만 잠을 잘 자는 것 같다.

2

"침대=섬"

—미셸 래리스

침대에 배를 깔고 엎드려, 나는 『이십 년 후』 『신비의 섬』 『섬의 제리』를 읽었다. 침대는 모피 사냥꾼의 오두막집이 되었다가, 거센 풍랑의 대서양 위를 떠도는 구명보트가 되었으며, 화마가 덮쳐오는 바오바브나무, 사막에 친 텐트, 바로 몇 센티미터 옆으로 아무것도 얻지 못한 적들이 지나가는 자비로운 구덩이가 되기도 했다.

나는 침대 속에서 많은 여행을 했다. 생존을 위해 나는 부엌에서 설탕을 훔쳐와 긴 베개 밑에 숨기곤 했다(그 때문에 몸이 가려웠다……). 담요와 베개가 보호해줌에도, 두려움은—심지어 공포는—언제나 떠나질 않았다.

침대: 말로 표현할 길 없는 위협의 장소, 대립의 장소, 하룻밤 스쳐지나는 여인들로 붐비는 고독한 육체의 공간, 욕망의 권리를 상실한 공간, 정착이 불가능한 장소, 꿈과 오이디푸스적 향수의 공간:

> 두려움 없이 그리고 후회 없이 잠들 수 있는 자는 행복하여라
> 묵직하고 오래된 아버지의 침대에서
> 모든 가족이 태어났고 또한 그들 모두가 죽었네.

조제 마리아 드 에레디아*
『전리품』

34

*쿠바 출신의 대표적인 프랑스 고답파 시인. 1893년에 출간된 『전리품 Les Trophées』은 그의 유일한 시집이자 대표작이다.

3

나는 내 침대를 좋아한다. 이 년 조금 넘게 써온 침대다. 그전에 이 침대는 내 여자친구 중 한 사람이 갖고 있던 거였다. 그녀가 너무 작은 아파트로 이사하면서, 지극히 일반적인 크기의 침대였음에도 그것을 놓으려는 방에 간신히 들어갈 정도가 되자, 당시 내가 갖고 있던 약간 더 좁은 침대와 교환했다.

  (나는 언젠가―다음 장에서 보다시피―여러 사물 중에서도 내 침대들에 관한 이야기를 쓸 생각이다.)

나는 내 침대가 좋다. 침대에 누워 쉬면서 평온한 시선으로 천장을 바라보는 것이 좋다. 나는 더 급하다고 여겨지는 일들(이에 관한 리스트를 작성하는 것은 지겨운 일일 것이다)이 너무 자주 나를 방해하지 않는 한, 내 시간(특히 오전시간)의 대부분을 기꺼이 이 일에 할애할 수도 있다. 나는 천장들이 좋고, 쇠시리들과 꽃 모양의 원형 장식들이 좋다. 이것들은 나에게 자주 시적 영감의 장소가 되어준다. 또 나는 복잡하게 얽힌 치장회반죽벽을 보며 환영들과 상념들과 단어들이 이끌어내는 또다른 미로들을 어렵지 않게 따라갈 수 있다. 하지만 사람들은 더이상 천장에 관심을 갖지 않는다. 사람들은 천장을 절망적인 직선들로 만들거나, 혹은 더 나쁘게는 소위 노출형 들보들로 우스꽝스럽게 꾸민다.

35

커다란 판자 하나가 오랫동안 내 침대머리가 되어주었다. 고형의 음식을 제외하고(침대에서 쉴 때는 보통 배가 고프지 않다), 그 판자 위에는 필수품의 차원에서든 쓸데없는 것의 차원에서든 내게 없어서는 안 될 모든 것이 모여 있었다: 미네랄워터 한 병, 유리잔 하나, (불행히도 이가 빠진) 손톱가위 하나, 앞에서 언급한 로베르 쉬피옹의 낱말맞추기 모음집 한 권(나는 기회를 봐서 그에게 아주 사소한

이의를 제기할 것이다. 이 모음집의 43번 십자말풀이 퍼즐에서, 그럼에도 불구하고 훌륭하지만, 그는 'M'을 두 번 사용해 'néanmoins'이라는 단어를 썼다. 이 때문에 명백히 그에 해당하는 수평축을—당연히 'assomnoir'라고 쓸 수 없었으니—완전히 망가뜨렸고 문제 해결을 현저히 어렵게 만들었다), 갑휴지 한 통, 나로 하여금 내 고양이(게다가 암고양이었다) 털을 모두가 감탄할 만큼 윤기나게 만들어줄 수 있게 해주는 딱딱한 브러시 하나, 친구들에게 내 건강 소식을 전할 수 있게 해줄 뿐 아니라 수많은 통화상대에게 내가 미슐랭 회사가 아니라고 대답할 수 있게 해주는 전화기 한 대, 속삭이는 듯한 교통체증 뉴스들로 틈틈이 중단되곤 하지만 내 마음을 움직이는 다양한 장르의 음악을 하루종일 들려주는 트랜지스터라디오 하나, 책 수십 권(몇 권은 내가 읽을 예정이거나 읽지 않은 책들이고, 다른 몇 권은 내가 끊임없이 다시 읽는 책들이다), 만화책들, 신문 더미들, 흡연도구 일체, 다이어리 여러 권, 수첩들, 노트들 그리고 종이 낱장들, 자명종시계 하나, 물론 알카셀처 소화제 한 통(비어 있음), 아스피린 통(반쯤 차 있는, 다시 말해 반쯤 비어 있는), 또한 스키닐 한 통(감기약: 거의 복용하지 않았음), 전등 하나, 물론 내가 게을러서 버리지 못한 수많은 광고전단, 편지들, 사인펜들과 볼펜들(둘 다 자주 심이 떨어진다……), 연필들, 연필깎이 하나, 지우개 하나(이 세 가지 물품은 바로 위에서 말한 십자말풀이를 위한 것들이다), 디에프해변에서 주워온 조약돌 한 개, 또다른 몇몇 기념품 세트들, 그리고 우체국 달력 하나.

36

4
그리고 몇몇 평범한 생각들:
— 우리는 인생의 삼분의 일 이상을 침대에서 보낸다.

— 침대는 우리가 대체로 수평 자세로 머물 수 있는 드문 장소 중 하나다. 다른 장소들은 훨씬 더 특수한 용도를 지닌다: 수술대, 긴 사우나 의자, 팔걸이 없는 장의자, 해변, 정신분석가의 환자용 침대……

— 잠의 기술: 잠자기가 생리적인 행위라는 개념은 전적으로 부정확하다(마르셀 모스, 「육체의 기술들」『사회학과 인류학』, 378쪽; 이런! 아주 간략해서, 문단 전체를 인용해도 될 뻔했다).

— 다음을 읽을 것: V. 플루서, 「침대에 대하여」『코즈 코뮌』* 2편, 제5호, 1973, 21~27쪽.

— 그리고 해먹은? 짚을 넣은 매트는? 벽에 세울 수 있는 서랍장 겸 침대는? 묘처럼 깊이 파인 긴 의자는? 병상은? 기차의 간이침대는? 야영용 침대는? 캠핑용 매트 위에 에어매트리스를 깔고 다시 그 위에 깐 침낭은?

37

*1972년부터 1974년까지 파리에서 총9호가 발행된 잡지. 사회학자이자 철학자인 장 뒤비뇨가 편집장을 맡았고, 페렉은 여기에 적극적으로 참여하며 여러 글을 발표했다.

방
La Chambre

1
진행중인 작업의 단편들

내가 잤던 모든 장소에 대해 어떤 특별한, 나 자신도 꽤 경이롭다고까지 여기는 기억이 있다. 한 중학교 공동침실의 뭉뚱그려진 잿빛 이미지와 모두 뒤섞여버리는, 아주 어렸을 때―전쟁 끝 무렵*까지―의 장소들을 제외하고는 말이다. 나머지 장소들은, 단지 누워 있을 때 눈 감고 최소한의 주의만 기울여 주어진 장소에 대해 생각해보는 것만으로도 충분하다. 그러면 거의 즉각적으로 방의 모든 세부가, 문과 창문의 위치라든가 가구 배치가 기억나는데, 더 정확히는 그 방안에 다시 누워 있는 듯 거의 신체적인 감각을 느낀다.

예를 들어:

록(콘월주의 어촌)
1954년 여름.

문을 열면, 침대가 거의 곧바로 왼쪽에 놓여 있다. 아주 좁은 침대고, 방 역시 아주 비좁으며 폭에 비해 그리 길지도 않다(침대 너비는 문보다 겨우 몇 센티미터 정도 더 넓고, 방 너비는 일 미터 오십 센티미터가 채 안 넘는다). 침대 연장선상에 행거식 옷장이 있다. 안벽에는

---

*여기서 전쟁은 이차대전을 말한다. '전쟁 끝
무렵'은, 페렉이 1936년생이므로 대략 여덟 살
전후를 가리킨다.

내리닫이창이 있다. 오른쪽에는 내가 많이 사용하지 않았던 것 같은, 덮개 달린 대리석 세면대가 있고 대야와 물병이 있다.

확신하건대, 침대 정면에서 왼쪽 옆벽 위에, 액자에 끼운 복제화 하나가 걸려 있었다. 그저 그런 저속한 채색그림은 아니었고, 아마도 르누아르나 시슬리의 복제화였을 것이다.

바닥에는 리놀륨 카펫이 깔려 있었다. 테이블도, 안락의자도 없었지만, 아마도 왼쪽 벽에 의자 하나가 있었던 것 같다. 잠들기 전 그 의자에 옷들을 던져놓곤 했는데, 거기에 앉아본 적은 없는 것 같다. 나는 단지 이 방에 자러 들어왔을 뿐이다. 방은 집 꼭대기층인 사층에 있었고, 늦게 들어올 때는 하숙집 아줌마와 그 식구들을 깨우지 않으려고 조심해서 계단을 올라야 했다.

난 방학중이었고, 막 바칼로레아 시험을 통과했다. 본래 나는, 자식들이 영어를 쓰면서 실력을 향상시키길 바라는 부모를 둔, 프랑스 고등학생들이 모이는 한 하숙집에 머물렀어야 했다. 하지만 그 하숙집이 만원이었고, 나는 지역 주민 집에 묵게 되었다.

아침마다 하숙집 아줌마가 내 방문을 열고 김이 나는 '모닝 티' 한 사발을 침대 발치에 놔두었지만 어김없이 식고 난 다음에 마시곤 했다. 나는 항상 너무 늦게 일어났고, 하숙집에서 제공하는 푸짐한 아침식사를 먹으려고 제시간에 내려가는 데 성공한 건 한두 번이었다.

제네바협정과 튀니지 및 모로코와의 협상*에 따라 지구 전체가 수십 년 만에 처음으로 평화를 맛본 것이 아마도 그해 여름이었던 것으로 기억한다. 그러한 상황은 며칠 이상 못 갔고 그후로도 재현된 적이 없었던 것 같다.

기억들은 그 침대의 비좁음에, 그 방의 협소함에, 너무 강했고 너무 차가웠던 그 모닝 티의 사라지지 않는 신맛에 달라붙어 있다. 그해

*전자는 1954년 인도차이나 전쟁의 종결을 위해 이에 관계된 9개국이 제네바에서 작성한 베트남·라오스·캄보디아 휴전협정과 일련의 선언으로, '인도차이나 휴전협정'이라고도 한다. 후자는 튀니지의 독립을 인정한 1956년 3월 20일 '프랑스-튀니지 조약'과 모로코의 독립을 인정한 1956년 3월 7일 '프랑스-모로코 조약'을 가리킨다.

여름, 나는 '핑크스pinks'라고 하는, 앙고스투라* 한 방울을 가미한 진을 여러 잔 마셨고, 당시 막 알렉산드리아에서 돌아온 한 방적공장 주인의 딸과 가볍고 다소 부질없는 연애를 했으며, 작가가 되기로 결심했고, 내가 그때까지 유일하게 익히는 데 성공한 곡조 하나를 휴대용 하모늄으로 연주하는 데 매달렸다. 요한 제바스티안 바흐의 한 전주곡 가운데 첫 54개 음정이었는데, 오른손으로는 따라가다가도 대체로 왼손이 끝까지 따라주지 않아 포기했다……

되살아난 방의 공간 덕에, 가장 중요한 기억들뿐만 아니라 가장 쉽게 달아나는 기억들, 가장 하찮은 기억들이 되살아나오고, 되돌아오고, 다시 활기를 띤다. 침대에서 내 몸이 체감하던 확신만으로도, 방안에 있던 침대에 대한 지형적 확신만으로도, 나의 기억은 다시 활성화되고, 예리함을 되찾고, 항상 거의 다르지 않은 정확성을 획득한다. 어떤 꿈으로부터 소환된 단어 하나가 글로 쓰이자마자 그 꿈에 대한 기억 전체를 재생해내듯이, 여기서는 벽이 나의 오른쪽에 있었고 문은 나의 왼쪽 옆에 있었으며(팔을 들면 문손잡이를 만질 수 있었다) 창문은 정면에 있었다는 것을 알게 된 사실 하나로부터(거의 그 사실을 찾아내려 할 필요조차 없이, 단지 잠시 동안 누워서 눈을 감았을 뿐이다) 여러 세부들이 순식간에, 그리고 뒤죽박죽으로 나타난다. 그리고 그 선명함은 나를 아연실색하게 한다. 인형 같은 태도의 젊은 여인, 엄청나게 키가 컸고 코가 살짝 삐뚤어져 있던 영국인(나는 이 사이비 언어 연수의 마지막 삼 일을 보내러 런던에 갔는데, 거기서 그를 다시 만났다. 그가 나를 초목으로 둘러싸인 어떤 선술집에 데려갔지만, 불행히도 그후 나는 그곳을 다시 찾는 데 성공하지 못했다. 그리고 앨버트홀에서 열린 야외 음악회에도 데려갔는데, 아마도 존 바비롤리 경의 지휘 아래 래리 애들러가 쓴 하모니카와 오케스트라를 위한 한 협주곡이었던 것 같고 그걸 들으며 나는 매우 만족해했다……), 마시멜로, '록' 막대사탕들(해수욕

43

*Angustura. 44도수의 맛내기용 술.

장들의 명물인, 장식이 있는 보리설탕 과자들. 가장 유명한 것은 '브라이튼 록'인데, 이것은—에트르타에 절벽이 있는 것처럼 브라이튼에는 거대한 바위가 있으니—언어유희일 뿐 아니라, 그레이엄 그린의 소설 제목이기도 하다. 막대사탕 자체만으로도, 그 유혹에서 벗어나기 어려웠다), 회색 해변, 차가운 바다, 그리고 꼬마 악마나 도깨비불이 나타나기에 좋을 듯한, 오래된 돌다리가 있는 작은 숲의 풍경들……

나는 이미 몇 년 전부터 '내가 잤던 장소들' 전부에 대해 가능한 한 철저하고 상세한 목록을 만드는 일을 구상해왔다. 그것은 아마도 방이라는 공간이 내게 프루스트의 마들렌과 같은 기능을 하기 때문일 것이다(이 모든 계획은 분명 그의 가호 아래에 있으며, 이 계획이 단지 『잃어버린 시간을 찾아서』 제1권 「스완의 집 쪽으로」 제1부 '콩브레' 첫번째 장의 여섯번째 문단과 일곱번째 문단의 엄밀한 진전 같은 것이 되기를 바랄 뿐이다). 현재까지는 실제로 그 목록 작성에 착수하지 않았다. 반면, 그 장소들은 거의 모두 집계했다고 생각한다. 대략 이백 곳이다(일 년에 여섯 곳 이상은 거의 추가되지 않는다. 나는 비교적 집안에 틀어박혀 있기를 좋아하는 사람이 되었다). 아직 그 장소들을 분류하는 방식을 확정짓지 못했는데, 연대순은 틀림없이 아닐 것이다. 알파벳순도 아마 아닐 것이다(이 순서가 적합성을 입증할 필요가 없는 유일한 순서임에도 불구하고). 아마도 장소들의 지리적 위치에 따라 분류해볼 수 있을 것이고, 그것이 이 작품의 '안내서' 성격을 강조해줄 것이다. 혹은 그보다는 주제적 관점에 따라 분류해볼 수도 있을 텐데, 이 분류가 아래와 같이 잠자는 방에 대한 일종의 유형학에 이르게 할 수도 있다.

44

1. 나의 방들
2. 공동침실들과 내무반들

3. 친구의 방들
4. 친구를 위한 방들
5. 우연한 잠자리들(긴 의자, 양탄자와 쿠션, 카펫, 야전용 침대의
   자 등)
6. 시골집들
7. 임대용 별장들
8. 호텔방들
   a) 초라한 호텔, 가구 딸린 호텔, 임대용 호텔
   b) 호화 호텔
9. 평상시와 다른 조건들: 기차, 비행기, 자동차 안에서의 밤들, 배
   위에서의 밤들, 보초를 섰던 밤들, 경찰서에서의 밤들, 텐트에
   서의 밤들, 병원에서의 밤들, 뜬눈으로 지새운 밤들 등.

이 방들 중 소수에서만 나는 몇 달, 몇 년을 보냈다. 대부분의 방들에
서는 며칠 혹은 몇 시간만을 보냈을 뿐이다. 내가 그 방들 각각에 대
해 기억해낼 수 있을 거라고 주장하는 것은 무모한 일일 것이다. 예
를 들어 (글로 쓰일 때보다 말로 발음될 때 더 놀라운 로제르의 이 면
소재지 이름이, 무슨 이유인지는 모르지만 삼학년 때부터 내 기억 속
에 깊이 박혀 있었고, 그곳에 들러보자고 자주 내가 고집을 피우곤
했던) 생쉴리다셰르에 있는, 리옹도르 호텔의 그 방 벽지 무늬는 어   45
떤 것이었을까? 어쨌든 내가 가장 큰 발견으로서 기대하고 있는 것
은, 바로 임시로 거쳐간 이 방들로부터 다시 떠오르는 기억들이다.

2
소소한 문제

우리가 주어진 방안에서 침대 위치를 바꿀 때, 과연 방을 바꾼다고
도 말할 수 있을까? 아니면 어떻게 말해야 할까?
   (참조. 장소-분석.)

3

방에 산다는 것은 무엇인가? 어느 장소에 산다는 것이, 그 장소를 제 것으로 삼는다는 말일까? 장소를 제 것으로 삼는다는 건 무슨 말인가? 언제부터 장소는 진정으로 당신 것이 되는가? 분홍색 플라스틱 대야에 양말 세 켤레를 넣어 물에 담갔을 때일까? 휴대용 가스버너로 스파게티를 다시 데우게 되었을 때일까? 행거식 옷장에 걸려 있는 짝이 맞지 않는 옷걸이들을 모두 사용했을 때일까? 카르파초의 〈성녀 우르술라의 꿈〉이 그려진 낡은 우편엽서를 벽에 압정으로 고정시켰을 때일까? 그곳에서 기다림의 고통, 열정의 흥분상태, 혹은 극심한 치통이 주는 고문을 경험했을 때일까? 취향에 따라 창문에 커튼을 달고, 벽지를 바르고, 마루에 광을 냈을 때일까?

4

평온하고도 소소한 생각 1번

그 어떤 고양이 주인이라도, 당연히 고양이가 인간보다 집에서 훨씬 더 잘 산다고 말할 것이다. 가장 심하게 각이 진 공간들에서조차, 고양이들은 적절히 후미진 구석을 찾아낼 줄 안다.

평온하고도 소소한 생각 2번

46 흘러가는 시간(나의 역사)은 잔재들을 남겨 쌓이게 한다. 사진들, 그림들, 오래전부터 말라붙어 있는 사인펜 몸통들, 셔츠들, 잃어버린 유리잔들과 잠시 맡아둔 유리잔들, 시가 포장들, 상자들, 고무지우개들, 우편엽서들, 책들, 먼지, 그리고 하찮은 골동품들. 이것이 바로 내가 나의 자산이라고 부르는 것들이다.

아파트
L'Appartement

1

이 년 동안, 나는 아주 나이 많은 여인을 이웃으로 둔 적이 있다. 그
녀는 칠십 년 전부터 그 건물에 살고 있었고, 과부로 지낸 지 육십 년
이었다. 인생에서 마지막 몇 해 동안, 대퇴골 경부頸部가 부러진 후
로, 그녀는 한 번도 그녀의 현관 앞 층계참 너머로 나가지 않았다. 수
위 아주머니나 건물의 어린 소년이 그녀를 위해 장을 봐주었다. 몇
번인가, 그녀는 나를 계단에서 불러 세워 오늘이 며칠인지 물었다.
어느 날, 그녀에게 햄 한 조각을 얻으러 갔다. 그녀는 나에게 사과를
주며 집안으로 들어오라고 권했다. 그녀는 아주 어두운색의 가구들
한가운데서 살고 있었고 그것들을 닦으며 시간을 보내고 있었다.

49

2

몇 해 전, 친구 하나가 (정의상 모든 국제공항이 동일하니, 다른 국
제공항으로 데려다주는 비행기를 타는 경우가 아닌 이상) 한 국제
공항에서 절대로 안 나가고, 꼬박 한 달 동안 그곳에서 지내겠다는
계획을 세운 적이 있다. 내가 알기로 그는 결코 이 계획을 실행에 옮
기지 못했지만, 객관적으로 그 계획 실행을 방해할 만한 건 거의 없
어 보인다. 생명유지 활동 중 핵심적인 것들과 대부분의 사회적 활

동을 국제공항의 틀 안에서 어려움 없이 수행할 수 있기 때문이다. 공항에서 우리는 푹신한 안락의자와 그리 불편하지 않은 긴 의자를 발견할 수 있고, 심지어 환승하는 여행객들이 가벼운 잠을 청할 수 있는 휴게실도 자주 발견할 수 있다. 화장실, 샤워실 딸린 욕실을 발견할 수 있고, 사우나와 터키식 목욕탕도 흔하게 발견할 수 있다. 그리고 미용사, 발 치료사, 간호사, 안마사 겸 물리치료사, 구두 닦는 사람, 구두 뒤축을 고쳐주고 열쇠 복사본을 만들어주는 일도 기꺼이 맡아 하는 퀵서비스 세탁소, 시계상, 안경사도 만날 수 있다. 레스토랑, 바, 카페테리아, 가죽제품 상인, 향수화장품 상인, 꽃장수, 서적 상인, 음반 상인, 담배와 과자 상인, 만년필 상인, 사진사도 만날 수 있다. 또 식료품가게, 극장, 우체국, 운전 대행 서비스센터, 그리고 물론 (오늘날 은행과 관계를 맺지 않고 살아가기란 사실상 불가능하므로) 다수의 은행도 발견할 수 있다.

이러한 기획에서 흥미로운 점은 특히 이곳이 지닌 이국적 정서에 있다. 실제보다 더 두드러져 보이는 습관과 리듬의 변화, 사소한 적응 문제들이 그에 해당한다. 하지만 이 문제들도 아마 꽤 빠르게 지겨운 일이 될지 모른다. 결국엔 이 일도 너무 쉬워질 테고 종내에는 거의 설득력 없는 일이 될 것이다. 이런 관점에서 볼 때 공항은 일종의 종합 상점가, 즉 유사 지구地區와 다름없다. 대략 호텔과 동일한 서비스를 제공해주는 곳이다. 그러므로 우리는 이 기획으로부터 전복의 의미에서든, 상황 적응의 의미에서든, 어떤 실질적인 결론을 이끌어낼 수는 없을 것이다. 기껏해야 르포르타주 주제로나 혹은 수많은 코미디 시나리오 중 하나의 출발점으로나 이용해볼 수 있을 것이다.

50

3

침실은 그 안에 침대가 있는 방이다. 식당은 그 안에 탁자와 의자 그리고 흔히 찬장이 있는 방이다. 거실은 그 안에 안락의자와 팔걸이 없는 긴 의자가 있는 방이다. 부엌은 그 안에 요리기구와 수도꼭지가 있는 방이다. 목욕탕은 그 안에 욕조와 그 위로 수도꼭지가 있는 방이다. 샤워기만 있을 경우 샤워실이라 부르고, 세면대만 있을 경우 세면실이라고 부른다. 현관은 적어도 문들 중 하나가 아파트 밖으로 나 있는 방이다. 부수적으로, 현관에서 외투걸이를 발견할 수 있다. 아이 방은 그 안에서 아이가 지내는 방이다. 청소도구함은 그 안에 빗자루와 전기청소기를 두는 방이다. 다락방*은 학생에게 세를 내주는 방이다.

쉽게 이어갈 수 있는 이러한 열거로부터 우리는 두 가지 기본적인 결론을 끌어낼 수 있으며, 나는 이 정의로부터 다음과 같은 내용을 제시해본다:

1. 모든 아파트는 다양한, 그러나 유한한 수의 방들로 구성되어 있다.
2. 각각의 방은 특별한 기능을 지니고 있다.

이 명백한 사실에 의문을 제기하기는 어려워 보이고, 혹은 그보다는 51 우스워 보인다. 아파트들은 현관, 거실(리빙룸, 접대실), 부모 방, 아이 방, 다락방, 통로, 부엌, 목욕탕이 갖추어야 할 것에 대해 매우 분명한 개념을 갖고 있는 건축가들에 의해 건설된다. 하지만 처음에는 모든 방이 어느 정도 닮아 있으므로, 구성 요소에 관한 이야기들과 쓸데없는 말들로 우리에게 인상을 주려고 애쓸 필요는 없다. 그것들은 단지 일종의 입방체들, 다시 말해 직방체들일 뿐이다. 항상 최소한 하나의 문을 갖고 있고 꽤 흔하게 하나의 창문이 나 있다. 보통 라

* chambre de bonne. 직역하면 '하녀 방'인데, 과거 하인들이 사용하던 건물 맨 꼭대기층 방을 말하며, 오늘날에는 주로 임대용으로 사용된다.

디에이터로 난방을 하고, 한두 개의 전기 콘센트가 갖춰져 있다(아주 가끔씩 그보다 더 있기도 하지만, 내가 사업가들의 인색함에 대해 얘기하기 시작하면 결코 끝을 맺지 못할 것이다). 요컨대, 방은 비교적 가변성이 큰 하나의 공간이다.

나는 기능이 어디서 시작하고 어디서 끝나는지 모르며, 알고 싶지도 않다. 내가 보기에 어쨌든 오늘날 아파트의 전형적인 분할에서, 기능은 단일한 목적을 갖고 있고, 연속적이며, 생리적 리듬을 고려하는 방식에 따라 작동한다.[1] 즉 일상적인 활동들에 상응하는 시간대들이 있고, 각 시간대에 상응하는 아파트 방들 중 하나가 있다. 조금은 과장된 모델 하나를 제시하면 다음과 같다.

7시 정각	어머니가 일어나 아침식사를 준비하러 에 간다	부엌
7시 15분	아이가 일어나 에 간다	목욕탕
7시 30분	아버지가 일어나 에 간다	목욕탕
7시 45분	아버지와 아이가 에서 아침식사를 한다	부엌
8시 정각	아이가 에서 외투를 입고 학교에 간다	현관
8시 15분	아버지가 에서 외투를 입고 사무실에 간다	현관
8시 30분	어머니가 에서 세수한다	목욕탕

52

1. 이것이야말로 이 책에서 가장 아름다운 문장이다!

8시 45분	어머니가	청소도구함

에서 청소기를 꺼내 청소를 한다

(그녀는 아파트의 모든 방을 청소하지만,

일일이 열거하지 않기로 한다)

9시 30분	어머니가	부엌

에서 장바구니를 들고　　　　　　　　　　　현관

에서 외투를 걸친 후 장을 보러 간다

10시 30분	어머니가 장을 보고 돌아와	현관

에 외투를 걸어놓는다

10시 45분	어머니가	부엌

에서 점심식사를 준비한다

12시 15분	아버지가 사무실에서 돌아와	현관

에 외투를 걸어놓는다

12시 30분	아버지와 어머니가	식당

에서 점심식사를 한다

(아이는 학교에서 점심을 먹는다)

13시 15분	아버지가	현관

에서 외투를 입고 다시 사무실로 간다

13시 30분	어머니가	부엌

에서 설거지를 한다

53

14시 00분	어머니가	현관

에서 외투를 입고 방과후 시간에 맞춰

학교에 아이를 데리러 가기 전까지

산책하거나 장을 보러 나간다

16시 15분	어머니와 아이가 돌아와	현관

에 외투를 걸어놓는다

16시 30분	아이가	부엌
	에서 간식을 먹는다	
16시 45분	아이가 숙제를 하러	아이 방
	에 간다	
18시 30분	어머니가	부엌
	에서 저녁식사를 준비한다	
18시 45분	아버지가 사무실에서 돌아와	현관
	에 외투를 걸어놓는다	
18시 50분	아버지가 손을 씻으러	목욕탕
	에 간다	
19시 00분	온 가족이	식당
	에서 저녁식사를 한다	
20시 00분	아이가 양치를 하러	목욕탕
	에 간다	
20시 15분	아이가	아이 방
	에 자러 간다	
20시 30분	아버지와 어머니가	응접실
	에 가서 텔레비전을 보거나	
	라디오를 듣거나 카드놀이를 하며,	
	혹은 어머니가 바느질하는 동안 아버지는	
	신문을 읽는다. 요컨대, 그들은 쉰다	
21시 45분	아버지와 어머니가 양치를 하러	목욕탕
	에 간다	
22시 00분	아버지와 어머니가 잠을 자러	방
	에 간다	

54

내가 그 기본적인 적합성에는 확신을 갖고 있지만 허구적이고 불확실한 성격을 강조하고 싶은 이 모델에서(물론 아무도 정확히 이런 식으로 살지는 않지만, 그럼에도 건축가와 도시계획가들은 우리가 다른 방식이 아니라 바로 이런 식으로 산다고 보며 혹은 그렇게 살기를 바란다), 우리는 한편으로 응접실과 방이 청소도구함보다 기껏해야 조금 더 중요성을 갖는다는 사실을 알 수 있다(청소도구함에는 청소기를 두고, 안방에는 기진맥진한 몸을 둔다. 이는 동일한 회수와 보전 기능을 가리킨다). 그리고 다른 한편으로는 우리가 여기서처럼 방, 응접실, 식당, 부엌 등을 경계짓는 칸막이벽들에 의해 분리된 공간들 대신, 오늘날 많이 그렇게 하듯 소위 통합적이고 가변경이 가능한 하나의 공간(생활 공간, 머무는 공간 등)을 고려해본다고 해도, 내 모델에서 사실상 바뀌는 게 없음을 알 수 있다. 즉 부엌 대신 요리 공간, 방 대신 휴식 공간, 식당 대신 식사 공간을 갖춘다 해도 마찬가지인 것이다.

일상적인 활동이 아니라 관계 활동에 따라 공간을 배치한 아파트도 어렵지 않게 상상해볼 수 있다. 사실, 이것은 18세기의 특별한 주택들이나 19세기 말의 커다란 부르주아 아파트에서 소위 접대실이라 불리던 방들의 모범적 분할 방식과 다름없다. 커다란 현관을 통과하면 일련의 응접실들이 줄지어 나타나는데, 이곳들의 특수성은 모두 접대 개념을 중심으로 발생하는 사소한 차이들에 근거한다. 예를 들어, 대형 응접실, 소형 응접실, 신사용 사무실, 숙녀용 규방, 흡연실, 서재, 당구실 등.

감각적 기능에 따라 분할되는 아파트를 떠올려보고자 한다면 아마도 약간의 상상력이 더 필요할 것이다. 미각실이나 청각실이 될 만

55

한 방은 그런대로 생각해내겠지만, 시각실이나 후각실, 촉각실은 어떤 것과 유사한 형태일지 자문하게 될 것이다……

조금은 더 위반적인 방식으로, 24시간 리듬이 아니라 일주일[2] 리듬에 따르는 분할을 생각해볼 수 있다. 이러한 분할은 각각 월요일실, 화요일실, 수요일실, 목요일실, 금요일실, 토요일실, 그리고 일요일실이라고 불리는 일곱 개 방으로 구성된 아파트를 만들어낼 수 있을 것이다. 주목해야 할 것은, 이중 마지막 두 방이 이미 존재할 뿐 아니라 '별장' 혹은 '주말 주택'이라는 이름으로 많이 개발되고 있다는 사실이다. 일 년에 육십 일만 사용되는 별장을 짓는 것보다 오로지 월요일에만 할당되는 방을 상상한다고 해서 더 어리석은 일도 아니다. 월요일실은 완벽하게 하나의 세탁실이 될 수 있을 것이고(시골에 살았던 우리 조상들은 월요일에 빨래를 했다), 화요일실은 완벽하게 하나의 응접실이 될 수 있을 것이다(도시에 살았던 우리 조상들은 보통 매주 화요일에 손님을 접대했다). 물론 이것은 우리를 기능에서 거의 벗어나게 하지 못한다. 어차피 할 바에는, 매음굴에 존재했던 분할과 약간 유사한, 주제별 분할을 상상하는 것이 더 나을지도 모른다(1950년대까지, 문 닫은 매음굴을 학생주택으로 만들어 그런 식으로 분할했다. 내 친구 몇몇은 아르카드거리의 옛 '주택'에서 비슷한 경험을 했는데, 그중 한 명은 '고문의 방'에 살았고, 다른 한 명은—기체機體 형태의 침대, 가짜 비행기 원창圓窓 등이 있는—'비행기'에서 살았으며, 세번째 친구는—가짜 통나무로 장식한 벽 등이 있는—'모피 사냥꾼의 오두막집'에 살았다). 이러

56

2. 일 년의 리듬에 따르는 주거 형태도 몇몇 소수 특권자의 경우에 존재한다. 이들은 고급주택들을 충분히 활용하면서 그들의 가치 감각과 그들의 여행 취향, 기후 조건 그리고 문화적 필요를 적절히 조정하려 애쓴다. 예를 들어, 우리는 그들을 1월에는 멕시코에서 마주칠 것이고, 2월에는 스위스, 3월에는 베네치아, 4월에는 마라케시, 5월에는 파리, 6월에는 키프로스, 7월에는 바이로이트, 8월에는 도르도뉴, 9월에는 스코틀랜드, 10월에는 로마, 11월에는 코트다쥐르, 12월에는 런던에서 마주칠 것이다.

한 사실들은 특히 「익숙하지 않은 곳에 살기」(『코즈 코뮌』제1편, 제2호, 13~16쪽, 1972)라는 글의 저자의 주의를 끌 만한 것들일 텐데, 그는 또한 이 글이 포함된 총서를 담당한 존경할 만한 인물*이 기도 하다. 예를 들어 월요일실은 배를 흉내낸 방으로, 해먹에서 잘 수도 있고 물을 실컷 사용해 마루를 씻을 수도 있을 것이다. 화요일실은, 안 될 것도 없는데, 인간의 위대한 자연 정복 중 하나인 극지 발견이나(북극이나 남극 중 선택 가능) 에베레스트 등정을 기념하는 방으로, 방에는 난방이 들어오지 않을 것이고 두꺼운 모피를 덮고 잘 것이며 음식은 페미컨**을 주성분으로 하는 것들이(월말에는 통조림 쇠고기, 기념일에는 스위스 그라우뷘덴산産 고기가) 될 것이다. 수요일실은 당연히 아이들에게 영광이 돌아가는 방이 될 텐데, 얼마 전부터 수요일은 아이들이 학교에 가지 않는 날이 되었기 때문이다. 이 방은 일종의 '버터 바른 빵 부인'***의 궁전이 될 것이며, 향료를 넣은 빵으로 이루어진 벽과 점토로 만든 가구들이 있을 것이다. 기타 등등.

4
쓸모없는 공간에 관하여

나는 쓸모없는 방 하나가, 절대적으로 그리고 일부러 쓸모없는 방 하나가 있는 아파트를 생각해보려 몇 번인가 애쓴 적이 있다. 그것은 광이 아니었을 테고 보조실도, 복도도, 골방도, 구석방도 아니었을 것이다. 기능이 없는 공간이었는지 모른다. 아무짝에도 쓸모없고 그 무엇도 가리키지 않는 곳이었는지 모른다.

57

　　노력에도 불구하고, 내게는 이런 생각, 이런 이미지를 끝까지 이어나가는 것이 불가능했다. 내가 보기에, 이 아무것도 아닌 곳, 이 빈 곳을 묘사하기에는 언어 자체가 부적격인 것으로 드러났다. 마

*도시학자이자 문명학자인 폴 비릴리오를 가리킨다. 페렉의 지인이기도 한 그는 이 잡지의 편집에 참여했을 뿐만 아니라, 도시와 공간에 대해 성찰하는 총서를 기획하기도 했다.

**말린 쇠고기를 과일, 지방과 섞어 빵처럼 만든 휴대용 식량.
***프랑스 동요 〈옛날에 버터 바른 빵 부인이 Il était une dame Tartine〉에 등장하는 인물.

치 우리가 가득찬 것, 유용한 것, 기능적인 것에 대해서만 말할 수 있는 것처럼.

기능 없는 공간. '분명한 기능이 없는' 곳이 아니라, 분명 기능이 없는 곳. 복합 기능적인 곳(이런 공간은 누구나 만들 줄 안다)이 아니라, 기능이 결여된 곳. 물론 이것은 단지 다른 공간들(창고, 벽장, 옷장, 장롱 등)을 '해방시켜줄' 용도로 마련된 공간은 아니었을 것이며, 반복해 말하지만 그 무엇으로도 사용되지 않는 공간이었을 것이다.

이따금씩 나는 아무 생각도 하지 않는 경우가 있다. 루이16세가 죽었을 때 '친구 피에로'*가 그랬던 것과는 또 다르다. 예를 들어, 별안간 나는 내가 여기에 있다는 사실, 지하철이 지금 막 멈춰섰고 약 구십 초 전에 뒤고미에역을 떠났으며 지금은 온전히 도메닐역에 있다는 사실을 깨닫는다. 하지만 그 경우에도 나는 무無를 생각하는 단계에 이르지는 못했다. 어떻게 무를 생각할 수 있단 말인가? 무 주위에 자동적으로 어떤 것을 두지 않고 어떻게 무를 생각할 수 있단 말인가? 무를 하나의 구멍으로 만들어 그 안에 서둘러 무언가를 넣게 하는 어떤 것, 하나의 실천, 하나의 기능, 하나의 운명, 하나의 시선, 하나의 필요, 하나의 결여, 하나의 잉여를 넣게 하는 그 어떤 것 없이?……

58

나는 이 모호한 생각을 순종적으로 좇으려 노력했다. 사용할 수 없는 많은 공간, 그리고 사용되지 않는 많은 공간을 생각해냈다. 하지만 나는 사용할 수 없는 곳이나 사용되지 않는 곳이 아니라, 쓸모없는 곳을 원했다. 어떻게 기능을 몰아내고 리듬, 습관을 없애며, 어떻게 필요를 없앨까? 나는 나 자신이 거대한, 방이 몇 개인지 도저히 기억해내지 못할 정도로 거대한, 한 아파트에 사는 모습을 상상했다(예전에는 방이 몇 개인지를 알았지만 이젠 잊어버렸고, 그처럼

*루이16세의 단두대 사형을 주장했던 로베스피에르를 말한다. '친구Ami Pierrot'는 두 사람이 과거에 잠깐 만났던 인연을 반어적으로 나타낸 표현이다.

복잡한 셈을 다시 시작하기에는 내가 이미 너무 늙어버렸다는 사실을 알고 있다). 단 하나를 제외한 나머지 모든 방은 무엇으로든 쓰였다. 핵심은 그 마지막 방을 찾아내는 것이었다. 결론적으로, 이 일이 『바벨의 도서관』을 읽은 독자들이 다른 책들의 열쇠가 되는 책을 찾아내는 일보다 더 어렵지는 않았다. 실제로 이 상상에는 보르헤스식 현기증과 꽤 유사한 어떤 것이 있었다. 일명 '마리아테레지아'라고도 불리는 요제프 하이든의 교향곡 48번 C장조*의 발표회를 위해 마련된 방, 기압계의 해석이나 나의 오른쪽 엄지발가락 청소에 할당된 방 등을 상상해보는 것……

나는 늙은 볼콘스키 공작**을 생각했다. 아들의 운명이 그를 불안하게 하자, 모피담요를 든 하인 티콘을 동반해 촛대를 손에 쥔 채 밤새도록 헛되이 이 방 저 방을 오가다 마침내 잠이 오자 그 침대에서 잠을 이루었다. 나는 주거지 개념 자체가 사라져버리는 어떤 사이언스 픽션 소설을 생각했다. 나는 사는 것과 죽는 것의 필연에 더이상 종속되지 않는 인간들이 폐허의 궁전과 사용 불가능한 계단을 건설하는, 보르헤스의 또다른 단편소설(『불멸』)을 생각했다. 나는 에셔의 판화들과 마그리트의 그림들을 생각했다. 나는 또 거대한 스키너상자를 생각했다. 그것은 전체를 검은색 벽지로 바른 방이었고 벽들 중 하나에 버튼 한 개가 붙어 있었다. 버튼을 누르면 짧은 순간에 흰색 바닥에서 회색빛 몰타 십자가 같은 것이 나타나는…… 나는 거대한 피라미드들과 산레담***이 그린 성당 실내화들을 생각했다. 나는 일본적인 어떤 것에 대해 생각했다. 나는 문도 창도 없는 방 하나를 발견하는 화자가 나오는 하이센뷔텔****의 한 텍스트에 대해 내

59

---

*하이든이 1768년에서 1769년 사이에 작곡한 이 곡은 에스테르하지궁을 방문한 오스트리아 여제이자 헝가리와 보헤미아의 왕 마리아테레지아(1717~1780)에게 헌정한 곡으로 오랫동안 알려져왔다. 그러나 최근 연구에 따르면, 작곡 시기나 곡의 구성으로 봤을 때 교향곡 48번이 아니라 50번일 가능성이 높다고 밝혀졌다.

**톨스토이의 소설 『전쟁과 평화』에서 주인공 안드레이 볼콘스키의 아버지를 가리킨다.
***피터르 얀스 산레담(1597~1665). 17세기 네덜란드 화가로, 정밀한 원근법과 건축적 정확성으로 성당 내부를 묘사한 작품들이 유명하다.
****헬무트 하이센뷔텔(1921~1996). 20세기 독일 구체시를 대표하는 시인으로, 전위적이고 실험적인 작품세계를 펼쳤다.

가 어렴풋이 지니고 있던 기억에 대해 생각했다. 나는 동일한 주제
와 관련해 내가 꾸었던 꿈들, 즉 나 자신의 아파트에서 내가 알지 못
하는 방 하나를 발견하는 꿈들에 대해 생각했다……

정말이지 만족스러운 어떤 곳에는 결코 이르지 못했다. 그러나 나는
이 불가능한 한계를 넘으려 애쓰면서 시간을 완전히 버렸다고 생각
하지는 않는다. 이러한 노력을 통해, 거주할 만한 것의 위상이라 할
수 있는 어떤 것이 밝혀졌다고 보기 때문이다……

5
이사가기

아파트를 떠나기. 거처를 비우기. 철수하기. 말끔히 자리 치우기. 집
　　밖으로 나가기.
목록 작성하기 정리하기 분류하기 선별하기
없애기 버리기 싸게 팔기
깨뜨리기
태우기
내리기 개봉하기 못 빼기 떼어내기 나사 풀기 고리에서 벗기기
전원 차단하기 끈 풀기 자르기 잡아당기기 분해하기 접기 자르기
감기
포장하기 짐 꾸리기 끈 매기 묶기 쌓기 모으기 쌓아올리기 끈으로
　　묶기 덮어쌓기 보호하기 다시 덮기 감싸기 조이기
걷어내기 들기 들어올리기
쓸기
닫기
떠나기

이사오기

청소하기 검사하기 시험하기 바꾸기 개조하기 서명하기 기다리기
구상하기 고안하기 투자하기 결정하기 구부리기 접기 휘게 하기 싸
기 장비 갖추기 벗기기 쪼개기 돌리기 뒤집기 두드리기 중얼거리기
박기 바닥 대기 축을 따라 배열하기 보호하기 덮개 씌우기 반죽하기
뜯기 자르기 연결시키기 감추기 개시하기 작동시키기 고정시키기
수공작업 하기 풀 바르기 깨뜨리기 졸라매기 통과시키기 누르기 쌓
기 다림질하기 윤내기 보강하기 박기 볼트로 죄기 걸기 정리하기 톱
으로 자르기 부착시키기 압정으로 고정시키기 표시하기 기록하기
계산하기 기어오르기 미터로 측량하기 제어하기 보기 측량하기 온
무게로 누르기 바르기 광택내기 칠하기 비비기 긁기 접합하기 기어
오르기 저울에 달기 걸쳐놓기 빠뜨리기 되찾기 뒤적거려 찾기 쓸데
없는 일 하기 솔질하기 퍼티로 접합하기 장식 제거하기 감쪽같이 만
들기 시멘트로 메우기 조정하기 왕복하기 반들거리게 닦기 내버려
두기 말리기 감탄하기 놀라기 신경질내기 짜증내기 보류하기 측정
하기 합하기 끼워넣기 밀봉하기 못질하기 나사로 죄기 볼트로 죄기
꿰매기 쪼그려 앉기 올라앉기 목 빠지게 기다리기 중심 잡기 접근하
기 세척하기 씻기 평가하기 셈하기 미소짓기 지지하기 절취하기 되
풀이하기 오래 기다리기 계획 세우기 사기 구입하기 받기 가져오기
짐 풀기 해체하기 테 두르기 액자에 끼우기 세팅하기 관찰하기 주시
하기 꿈꾸기 고정시키기 구멍 뚫기 석고상 닦기 자리잡기 깊이 파기
높이 들기 마련하기 앉기 등 기대기 몸 기대기 씻기 막힌 곳 뚫기 보
충하기 분류하기 비로 쓸기 한숨짓기 일하면서 휘파람 불기 적시기
심취하기 떼어내기 벽에 부착시키기 붙이기 맹세하기 강조하기 선
그리기 광택내기 솔질하기 칠하기 구멍 뚫기 연결시키기 불붙이기
개시하기 용접하기 허리 구부리기 못 빼기 날카롭게 갈기 겨냥하기
빈둥거리기 줄이기 떠받치기 사용하기 전에 흔들기 날 갈기 경탄하

기 마지막 손질하기 대강 해치우기 긁어내기 먼지 털기 조작하기 분무하기 평형 잡기 확인하기 축축하게 하기 솜으로 닦기 비우기 분쇄하기 윤곽 잡기 설명하기 어깨를 으쓱하기 손잡이 달기 분할하기 이리저리 걷기 만들기 펴기 엄밀하게 시간 배정하기 나란히 놓기 가까이 놓기 배합하기 세탁하기 래커 칠하기 다시 닫기 차단하기 계량하기 핀으로 꼽기 정돈하기 도포하기 걸기

다시 시작하기 삽입하기 진열하기

씻기 찾기 들어가기

숨을 내쉬기 정착하기

생활하기

살기

문

사람들은 스스로를 보호하고, 스스로 벽을 쌓는다. 문은 가로막고 갈라놓는다.

문은 공간을 깨뜨리고, 나누며, 상호침투를 막고, 분할을 강요한다. 한편에는 나와 나의 집, 사생활, 가정(내 침대, 내 양탄자, 내 탁자, 내 타자기, 내 책들, 몇 호가 빠진 내 『라 누벨 르뷔 프랑세즈』들…… 같은 나의 소유물들로 꽉 채워진 공간)이 있고, 다른 편에는 타인들, 세상, 일반인들, 정치가가 있다. 한쪽에서 다른 쪽으로 스며들듯 건너갈 수 없으며, 이 방향이든 저 방향이든 한쪽에서 다른 쪽으로 그냥 통과할 수 없다. 비밀번호가 필요하며, 문턱을 넘어야 하고, 식별표지를 보여줘야만 하며, 죄수가 외부와 소통하듯 소통해야만 한다.

영화 〈금지된 행성〉*을 보면, 삼각형 문들의 형태와 그 거대한 크기에서 행성의 아주 오래된 건설자들의 형태상 특징 중 몇 가지를 추론해볼 수 있다. 그 생각은 화려한 만큼 근거 없는 것인데(왜 하필 삼각형인가?), 만약 문이 전혀 없었다면 훨씬 더 놀라운 결론을 이끌어낼 수 있었을지도 모른다.

어떻게 구체화할 것인가? 문을 열든 열지 않든 그게 중요한 것은 아니며, '문 위에 열쇠를 두는 것'이 중요한 것도 아니다. 문제는 열쇠가 있고 없고가 아니다. 문이 없다면 열쇠도 없을 것이기 때문이다.

어떤 집에 문이 없을 수도 있다고 상상하기란 분명 어려운 일이다. 나는 몇 년 전 어느 날 미국 미시간주의 랜싱에서 그런 집을 본 적이 있다. 그 집은 프랭크 로이드 라이트가 건축한 집이었다. 완만하게

63

*1956년 프레드 M. 윌콕스가 감독한 SF영화.

굽이진 오솔길을 따라가면서 시작되는 그 집은, 오솔길 왼편으로 가벼운 경사가 아주 점진적으로, 심지어 극히 미미하다 할 만큼 조금씩 높아졌는데, 처음에는 비스듬한 정도였다가 점차 수직에 가까워졌다. 조금씩, 마치 우연인 것처럼, 생각도 못하던 와중에, 어떤 한순간도 이행, 단절, 통과, 불연속 같은 것이 감지된다고 단언할 수는 없었는데, 그러다 어느새 오솔길이 돌투성이가 되었다. 다시 말해, 처음엔 풀만 있었고, 그다음에는 풀 가운데 돌들이 있기 시작하다가, 좀더 많은 돌이 있었고, 마침내 무성한 풀 사이로 포석이 깔린 작은 길 같은 것이 되어 있었다. 그사이, 왼편으로는 대지의 경사면이 아주 모호하게 작은 담장과 비슷해지기 시작했다가 점차 모르타르 위에 뜬돌을 쌓은 벽과 비슷해졌다. 그러다가 땅에 뒤덮인 식물과 실질적으로 분리할 수 없는, 살울타리 지붕 같은 무엇이 나타났다. 사실상, 밖에 있는지 안에 있는지를 알기에는 이미 너무 늦어버렸다. 오솔길 끝에서 포석들은 마주 이어져, 일반적으로 현관이라고 부르는 것 안에 있게 된다. 입구는 상당히 넓은 방으로 직접 통하는데, 방의 연장 공간 중 하나는 또한 커다란 수영장을 갖춘 테라스로 연결된다. 집의 나머지 부분도 마찬가지로 주목할 만했는데, 그것의 안락함이나 더 나아가 그 집의 호화로움 때문이 아니라, 쿠션 안에 몸을 둥글게 웅크리고 있는 고양이처럼 집이 언덕 안에 기어들어가 있는 인상을 주었기 때문이다.

64

이 일화의 끝은 교훈적이며 또한 예상 가능하다. 거의 형태가 유사한 집 십여 채가 어느 사설 골프클럽 주변에 흩어져 있었다. 골프장은 울타리로 완전히 둘러싸여 있었고, (젊은 시절 수많은 미국 영화에서 보았던) 총신을 짧게 자른 소총들로 무장하고 있으리라 쉽게 상상할 수 있는 경비원들이, 철책으로 된 유일한 입구를 감시하고 있었다.

계단

우리는 계단에 대해 충분히 생각하지 않는다.

옛 저택에서는 계단보다 더 아름다운 것이 없었다. 오늘날의 건물들에서는 그보다 더 더럽고, 더 춥고, 더 적대적이고, 더 인색한 것이 없다.

우리는 계단에서 더 많이 생활하는 법을 배웠어야 했다. 하지만 어떻게?

65

벽

> "벽이 생긴다면, 그 뒤에서 무슨 일이 일어날까?"
> —장 타르디외

나는 벽에 그림 하나를 건다. 그런 다음 벽이 있다는 것을 잊어버린다. 더이상 벽 뒤에 무엇이 있는지 알지 못하고, 벽이 있다는 사실도 알지 못하며, 이 벽이 벽이라는 것도 알지 못하고, 벽이란 게 무엇인지도 알지 못한다. 나는 더이상 내 아파트에 벽들이 있다는 것을 알지 못하고, 벽들이 없다면 아파트도 없으리라는 것을 알지 못한다. 벽은 더이상 내가 살고 있는 장소를 규정하고 경계짓는 것이 아니며, 나의 장소와 타인들이 살고 있는 다른 장소들을 분리해주는 것도 아니고, 단지 그림을 위한 하나의 받침대일 뿐이다. 하지만 나는 역시나 그림도 잊어버리고, 더이상 바라보지 않으며 바라볼 줄도 모르게 된다. 나는 벽이 있다는 것을 잊기 위해 벽에 그림을 걸었지만, 벽을 잊으면서 그림 또한 잊는다. 벽이 있기 때문에 그림이 있는 것이다. 벽이 있다는 것을 잊을 수 있어야만 하고, 그러기 위해서는 그림보다 더 나은 것을 찾지 못했다. 그림은 벽을 지운다. 하지만 벽은 그림을 죽인다. 따라서 지속적으로 벽을 바꾸든가 그림을 바꿔야 하며, 벽들마다 끊임없이 다른 그림들을 걸든가 혹은 항상 벽을 바꿔 그림을 걸어야 한다.

우리는 벽에 글을 쓸 수 있지만(이따금씩 집 벽면, 공사장 울타리, 감옥 벽에다 글을 쓰는 것처럼), 아주 가끔 그럴 뿐이다.

건물
L'Immeuble

1
소설 계획

나는 전면이 떨어져나간 파리의 어느 건물을 상상하고 있다. 이는 『절름발이 악마』*에 등장했던 벗겨진 지붕이나 『겐지 모노가타리 에마키』**에 묘사된 바둑 장면과 일종의 유사성을 갖는 것으로, 결과적으로 일층에서부터 고미다락까지 전면으로 난 모든 방이 즉각적으로 그리고 동시에 보이게 된다.

소설은—제목이 『인생사용법』이다—그렇게 모습을 드러낸 방들과 거기서 일어나는 활동들을 묘사하는 것으로 한정된다(최종적으로 대략 사백 페이지 정도에 이를 하나의 계획에 대해 과감히 이런 표현을 사용한다면 말이다). 모든 묘사는 형식적인 절차들에 따라 이루어질 것이며, 여기서 그 상세한 내용으로 들어갈 필요는 없어 보이지만, 그중 몇 가지를 언급하는 것만으로도 흥미를 돋울 수 있을 것이다. 즉 (특별히 10×10 형태의 체스판에 맞게 적용된) 체스의 행마법, 유사 크노 10차 행렬식,*** (오일러가 존재하지 않으리

69

---

*18세기 프랑스 극작가이자 소설가인 알랭르네 르사주가 1707년에 발표한 풍자소설. 절름발이 악마 아스모데우스를 통해 인간 세상의 허위와 위선을 폭로한다.
**源氏物語絵巻. 12세기 일본 헤이안 시대에 제작된 '겐지 이야기그림 두루마리'를 말한다. 이야기는 11세기 초 무라사키 시키부가

지었으며, 모든 그림은 후키누키 야타이(吹抜屋台) 방식, 즉 지붕을 들어내고 내부의 장면을 바라보는 방식으로 그려졌다.
***'섹스틴sextine'(6행 연구 여섯과 3행 연구 하나로 된 정형시)에 대한 레몽 크노의 작업을 바탕으로 페렉이 만들어낸 치환법.

라 추정했지만 1960년 보스와 파커, 슈리칸데가 그 존재를 증명해
낸*) 10차 직교라틴방진.

이 계획의 원천은 여럿이다. 그중 하나는 잡지 『더 아트 오브 리
빙』(런던: 해미쉬해밀턴, 1952년)에 실렸던 솔 스타인버그의 한 데
생**인데, 가구 딸린 어느 임대건물을 묘사하고 있으며(이 건물은
가구 딸린 임대건물임을 알 수 있다. 건물 입구 문 옆에 '빈 방 없음
No Vacancy'이라고 쓰인 게시판이 붙어 있기 때문이다) 전면의 일부
분이 벗겨져 있어 약 스물세 개의 방 내부를 볼 수 있게 해준다(내
가 '약'이라고 표현하는 것은, 그림 속에 건물 뒷면의 방들로 이어
지는 몇몇 통로가 있기 때문이다). 이 그림에서 묘사된 각 가구들
과 행위들에 대한 목록은 그 자체만으로—게다가 완벽한 목록일 수
도 없다—글자 그대로 현기증을 일으키는 무언가를 내포하고 있다.

욕실 세 개. 사층 욕실은 비어 있고, 삼층 욕실에서는 여자가 목욕중
　　이며, 일층 욕실에서는 남자가 샤워하고 있다.
벽난로 세 개. 각각 크기는 전혀 다르지만 동일한 축을 따라 설치되
　　어 있다. 하나도 쓰이고 있지 않은데(말하자면 아무도 그 안에
　　불을 피우지 않았다), 이층과 삼층 벽난로에는 장작받침쇠들이
　　구비되어 있고, 사층 벽난로는 상단의 꽃모양 장식과 쇠시리까
　　지 분할하는 샛벽에 의해 둘로 나뉘어 있다.
샹들리에 여섯 개와 칼더식 모빌 한 개
전화기 다섯 대
스탠딩 피아노 한 대와 피아노용 의자
성인 남성 열 명, 그중
한 명은 술 한잔을 하고 있고
한 명은 타자를 치고 있으며

70

---

*1959년 E.T. 파커는 10차 직교라틴방진을
찾아냈고, 1960년 보스, 슈리칸데, 파커가 2차와
6차를 제외한 4N+2차 직교라틴방진이
존재한다는 것을 증명했다.

**『인생사용법』의 「작품 해설」 728쪽에 실린
그림 참조.

두 명은 신문을 읽고 있는데, 한 명은 안락의자에 앉아 있고 다른 한
     명은 긴 의자에 누워 있으며
세 명은 자고 있고
한 명은 샤워하고 있고
한 명은 토스트를 먹고 있으며
한 명은 개 한 마리가 있는 방의 문턱을 넘고 있다.
성인 여성 열 명, 그중
한 명은 쉬고 있고
한 명은 앉아 있으며
한 명은 아이를 품에 안고 있고
두 명은 읽고 있는데, 한 명은 앉아서 신문을 읽고 있고 다른 한 명은
     누워서 소설을 읽고 있으며
한 명은 설거지하고 있고
한 명은 목욕하고 있고
한 명은 뜨개질하고 있고
한 명은 토스트를 먹고 있으며
한 명은 자고 있다.
어린아이 여섯 명, 그중 두 명은 틀림없이 여자아이고 두 명은 틀림
     없이 남자아이다.
개 두 마리   71
고양이 두 마리
바퀴 달린 곰 인형 한 개
바퀴 달린 작은 말 인형 한 개
작은 장난감 기차 한 개
유모차를 탄 인형 한 개
쥐 혹은 생쥐 여섯 마리

　　　꽤 많은 흰개미들(흰개미인지는 확실치 않지만, 어쨌든 건물 바닥
　　　　　이나 벽에 사는 동물 종種들)
　　　액자를 끼운 최소 서른여덟 점의 그림 또는 판화
　　　흑인 가면 한 개
　　　전등 스물아홉 개(샹들리에 말고도)
　　　침대 열 개
　　　유아용 침대 하나
　　　긴 의자 세 개, 그중 하나는 불편하게 침대로 사용된다.
　　　간이부엌에 가까운 부엌 네 개
　　　마루를 깐 방 일곱 개
　　　양탄자 한 개
　　　카펫 혹은 침대 바닥깔개 두 개
　　　아마도 바닥에 모켓을 깐 듯한 방 아홉 개
　　　타일을 깐 방 세 개
　　　실내 계단 하나
　　　작은 원탁 여덟 개
　　　낮은 탁자 다섯 개
　　　작은 책장 다섯 개
　　　책들로 가득찬 서가 하나
72　　괘종시계 두 개
　　　서랍장 다섯 개
　　　탁자 두 개
　　　압지를 댄 책받침과 잉크병이 놓인, 서랍 달린 책상 한 개
　　　신발 두 켤레
　　　욕실용 둥근 의자 한 개
　　　의자 열한 개
　　　안락의자 두 개

가죽가방 한 개

목욕가운 한 벌

옷장 한 개

자명종 한 개

체중계 한 개

페달식 휴지통 한 개

모자걸이에 걸린 모자 한 개

옷걸이에 걸린 정장 한 벌

의자 등받이에 걸쳐놓은 양복 상의 하나

건조중인 세탁물

작은 욕실수납장 세 개

술병과 작은 병 다수

간신히 분간할 수 있는 수많은 오브제(예를 들면, 소형 추시계, 재떨
    이, 안경, 유리잔, 땅콩이 가득 담긴 받침접시)

여기까지, 단지 건물의 '벗겨진' 부분만을 묘사했을 뿐이다. 그렇지
만 데생의 나머지 사분의 일도 (낡은 신문, 통조림통, 편지봉투 세
장 등) 쓰레기가 널려 있는 인도의 일부분, 꽉 차서 넘치는 쓰레기
통, 예전엔 호화로웠지만 지금은 낡은 건물 현관, 그리고 창문가에
있는 등장인물 다섯 명에 대한 목록을 만들게 해준다. 즉 삼층에는
꽃 화분들 사이로 파이프담배를 피우고 있는 한 노인과 개 한 마리   73
가 보이고, 사층에는 새장 속의 새 한 마리와 여인과 소녀가 보인다.

아마도 여름인 것 같다. 저녁 여덟시 정도의 시간대일 것이다(아이
들이 잠들지 않았다는 사실이 신기하다). 텔레비전은 아직 발명되
지 않았다. 라디오수신기 또한 한 대도 보이지 않는다. 건물 주인은
뜨개질하고 있는 부인인 듯하다(그녀는 처음에 내가 생각한 것처럼
이층에 있지 않고, 현관 위치에서 본 결과 일층에 있으며, 내가 일층

이라고 부른 것은 실제로 지하다. 집은 지상 삼층으로 이루어져 있다). 그녀는 불운을 겪었고, 자신의 집을 임대건물로 개조해야 했을 뿐 아니라 가장 아름다운 두 방을 둘로 나눠야 했다.

데생에 대한 좀더 세심한 검토가, 어렵지 않게 두꺼운 소설 한 권에 들어갈 세목들을 끌어내줄 것이다. 예를 들어, 이 그림의 시간적 배경은 파마머리가 유행하던 시대임이 분명하다(여인 세 명이 컬 클립을 하고 있다). 불편한 장의자에서 자고 있는 남자는 아마도 교수일 것이다. 가죽 가방은 그의 것이고 책상에는 복사물 꾸러미와 아주 유사해 보이는 무언가가 놓여 있다. 하품하는 여자는 앉아 있는 젊은 여인의 어머니이며, 손에 유리잔을 든 채 벽난로에 팔꿈치를 괴고 다소 난감한 시선으로 칼더식 모빌을 바라보고 있는 남자는 틀림없이 그녀의 미래의 사위일 것이다. 아이 네 명과 고양이 한 마리를 데리고 있는 그녀의 이웃의 경우, 마치 출판사가 삼 주 전부터 원고를 기다리고 있는 사람처럼 타자기에 매달려 있는 듯 보인다.

2
이따금씩 우리가 자동적으로 하게 되는 것들

우리가 살고 있는 건물 안에서:

74
— 이웃을 만나러 가기, 예를 들어 우리에게 공동으로 속한 벽 위에 무엇이 있나 쳐다보기, 집들의 장소적 동질성을 확인하기 혹은 부인하기. 그 동질성을 어떻게 이용하는지 알아보기;
— 누구는 A계단 대신 B계단을 이용한다는 사실, 혹은 누구는 삼층에 사는 반면 누구는 육층까지 올라간다는 사실로부터, 낯설음과 비슷한 무엇이 발생할 수 있다는 것을 깨닫기;
— 건물이라는 환경 내에서 공동생활의 기초들에 대해 상상해보기(나는 18구의 오래된 주택에서 네 집이 공동으로 사용하는

화장실을 본 적이 있다. 건물주는 그 화장실의 전기료를 지불하지 않았고, 세입자 네 명 중 누구도 다른 세 사람의 전기료를 내려 하지 않았으며, 하나의 전기계량기를 사용한 후 네 사람이 영수증을 나누어내는 아이디어도 받아들이지 않았다. 화장실은 따라서 각기 다른 전구 네 개로 불을 밝혔고, 각각의 전구는 네 집 중 하나에 의해 작동되었다. 십 년 동안 단 하나의 전구가 밤낮으로 불을 밝혔을 수도 있었는데, 그 비용은 물론 이 개별 전기회로들 중 어느 하나의 설치비용보다도 적게 들었을 것이다.)

일반적인 건물들 안에서:
— 그 건물들을 쳐다보기;
— 머리를 들기;
— 건축가 이름, 건설사 이름, 건축일 찾아보기;
— 왜 빈번히 '전 층에 가스 공급'이라고 쓰여 있는지 자문하기;
— 새 건물일 경우 전에 무엇이 있었는지 기억해보기;
— 기타 등등.

거리
La Rue

1

건물들이 서로 나란히 붙어 있다. 그것들은 줄지어 서 있다. 건물들이 줄지어 서 있는 것은 예정된 일이며, 줄지어 있지 않다면 그것은 건물들에 있어 심각한 오류가 된다. 그러니까 건물들의 정렬선이 타격을 받았다고 말할 수 있으며, 이는 우리가 다른 건물들의 정렬선에 맞춰 재건설할 수 있도록 그 건물들을 허물 권리가 있음을 의미한다.

평행으로 줄지어 서 있는 건물 두 열이 우리가 거리라고 부르는 것을 규정한다. 거리는 일반적으로 더 긴 두 측면을 따라 집들이 가장자리를 이루는 하나의 공간이다. 거리는 집들을 서로서로 분리하며, 때로는 거리를 따라, 때로는 거리를 가로질러, 한 집에서 다른 집으로 이동하게 해준다. 나아가 집들을 표시해준다. 다양한 표시체계가 존재하는데, 오늘날 우리나라에서 가장 널리 사용되고 있는 것은 거리에 이름을 부여하고 집들에 번호를 매기는 체계다. 거리이름 붙이기는 대단히 복잡하고 자주 까다롭기까지 한 주제로, 그에 관해서는 책 몇 권을 쓸 수도 있을 것이다. 번호 매기기라고 해서, 훨씬 더 간단한 것도 아니다. 첫번째로 거리의 한쪽에는 짝수 번호를 다른 쪽에는 홀수 번호를 매기기로 결정했고(하지만 레몽 크노의 『이카루스의 비행』에서 한 등장인물이 자문하듯, "13-2번지, 이것은 짝수인가 아니면 홀수인가?"), 두번째로 거리의 방향에 따라 짝수 번호를 오른쪽에 (그리고 홀수 번호는 왼쪽에) 두기로 결정했으며, 세번째로 위에서 말한 거리의 방향은 (우리가 수많은 예외를 알고 있긴 하나) 일반적으로 센강이라는 하나의 고정축에 대한 거리의 위치에 따라 정하기로 결정했다. 센강과 평행인 거리들은 상류에서 하류 방향으로 번호가 매겨졌고, 센강과 직교하는 거리들은 센강 방향에서부터 시작해 멀어질수록 번호가 커지는 식이었다(이 설명은 물론 파리에 관한 것이다. 마땅히 이와 유사한 해결책이 다른 도시들에서도 구상되었다고 가정해볼 수 있다).

거의 항상 누군가에게 속하는 건물들과는 반대로, 거리들은 원칙적으로 누구에게도 속하지 않는다. 거리는 우리가 차도라고 부르는 자동차 전용구역과 우리가 보도라고 명명하는, 당연히 더 좁은 두 보행자 전용구역으로 비교적 공정하게 분할된다. 일정 수의 거리는 전적으로 보행자 전용인데, 영구적인 방식으로 또는 어떤 특별한 경우에 한해 그렇다. 차도와 보도 사이의 접점 구역은 더이상 운전하지 않으려는 운전자들에게 주차를 허용한다. 더이상 운행하지 않으려는 자동차 수가 주차 가능한 자리 수보다 훨씬 더 많기 때문에 주차 가능성은 제한적이다. '파란색 구역'이라 불리는 일부 구역 내에 제한된 주차시간 동안 주차를 허용하거나, 혹은 더 일반적으로는 유료 주차공간을 설비한다.

거리에 나무들이 있는 것이 흔하지는 않다. 나무들이 있을 경우, 그 주위에 철책을 두른다. 반면, 대부분의 거리는 다양한 공공업무에 부합하는 특수한 설비들을 갖추고 있다. 예를 들어, 낮이 확연히 저

물기 시작하는 순간 자동적으로 불이 들어오는 가로등이 있다. 승객들이 버스나 택시가 도착하는 것을 기다리는 정류장이 있다. 공중전화 부스와 공공 벤치가 있다. 시민들이 편지를 넣을 수 있고 우체국 직원이 정해진 시간에 수거하러 오는 우체통이 있다. 제한된 주차시간에 요구되는 돈을 받는 용도로 마련된 시계 달린 기계장치가 있다. 많은 사람이 지나가면서 강박적으로 흘끔대는 시선을 던지고 가는, 폐지나 기타 쓰레기 전용의 쓰레기통이 있다. 신호등이 있다. 또한 도로표지판이 있는데, 예를 들어 매월의 전반기인가 후반기인가에 따라 거리의 이쪽 혹은 저쪽 구역에 주차하는 것이 좋다는 것(우리가 '주기적 편측 주차'라고 부르는 것)을 알려주거나, 병원 근처이므로 반드시 정숙을 지켜야 한다는 사실을 알려주거나, 특히 거리가 일방통행이라는 것을 알려준다. 실제로 자동차 범람으로 인해, 수년 전부터 대부분의 도시 주거밀집지역에서는 운전자들에게 관습적으로 한 방향으로만 통행하게 하지 않는 이상 교통이 거의 불가능할 정도가 되어버렸다. 물론 때때로 이 때문에 운전자들은 길게 우회를 하기도 한다.

특별히 위험하다고 판단되는 몇몇 교차로에서는, 사슬로 엮은 금속 말뚝들이 보도와 차도 간에 보통 이뤄지는 자유 통행을 막는다. 보도 위에 심어진 이 동일한 형태의 말뚝들은 때때로 자동차들이 보도 위에 주차하러 올라오는 것을 막는 데 이용되기도 하는데, 자동차들은 막지 않으면 자주 그러는 경향이 있다. 나아가, 어떤 상황들—군사 행렬, 국가 원수의 이동 등—에서는 차도 전부가 서로 교차 배열된 가벼운 금속 방벽들에 의해 진입이 금지될 수도 있다.

보도의 어떤 장소들에서는, 일상어로 '배들'이라고 불리는 원호圓弧 형태의 요철 부분들이 건물 내부에 자동차들이 주차되어 있을 수 있다는 사실과 자동차들이 언제든 나올 수 있도록 양보하는 것이 좋다는 사실을 알려준다. 또다른 장소들에서는, 보도의 가장자

81

리에 박아넣은 작은 도기陶器 타일들이 그 부분이 바로 렌트카 전용 정류장이라는 것을 알려준다.

차도와 보도의 연결 부분은 도랑caniveau이라고 한다. 아주 경미하게 기울어진 지대인데, 이 덕분에 빗물이 차도 표면 전체에 퍼지는 대신 거리 아래에 있는 하수도시스템으로 흘러갈 수 있다. 빗물이 차도에 퍼질 경우, 자동차의 흐름을 상당히 방해할 수 있다. 수세기 동안 단 하나의 도랑만 있었고 그 도랑은 차도 한가운데에 있었는데, 현재 시스템이 더 적합하다고 간주된다. 빗물이 고여 있지 않을 경우, 거리의 거의 모든 교차점에 설치되어 있고 시청의 거리청소 담당직원들이 가지고 다니는 T자형 열쇠로 열 수 있는 하수유입구를 통해 차도와 보도의 보수관리를 할 수 있다.

원칙적으로, 자동차들이 매우 철저히 주의해서 지나야만 하는 횡단보도를 이용해, 언제든 거리의 한쪽에서 다른 쪽으로 건너갈 수 있다. 이 횡단보도는 머리 지름이 약 십이 센티미터 정도 되는 금속 징들의 평행한 두 열로 표시되거나—이 때문에 징을 박은 통로passages cloutés라는 명칭이 이 보호영역에 주어졌다—혹은 보도 폭 전체에 비스듬히 칠해진 굵은 흰색 페인트 선들로 표시된다(그래서 통행로를 가시화했다고 말한다). 징을 박거나 가시화한 통행로시스템은 아마도 예전에는 효율성이 있었겠지만 더이상은 없는 듯 보인다. 자주 그 시스템을 삼색(빨강, 주황, 초록) 신호등시스템을 통해 이중화하는 것이 필요한데, 신호등이 계속 늘어나면서 결국엔 대단히 복잡한 동기신호同期信號체계 문제가 야기되었고, 세계에서 가장 용량이 큰 몇몇 컴퓨터와 우리 시대의 가장 뛰어난 수학자로 간주되는 몇몇 이가 이 문제를 해결하기 위해 쉬지 않고 연구하고 있다.

여러 장소에서, 원격조정 카메라가 무슨 일이 일어나는지 감시하고 있다. 프랑스 하원 건물 꼭대기의 대형 삼색기 바로 아래에는 카메라 한 대가 설치되어 있고, 에드몽로스탕광장에도 생미셸대로 방향으로 한 대가 설치되어 있다. 또 알레지아, 클리시광장, 샤틀레, 바스티유광장 등에도 카메라가 설치되어 있다.

2

나는 린네거리*에서 두 맹인을 본 적이 있다. 서로 팔짱을 끼고 걷고 있었다. 둘 다 매우 유연한 긴 지팡이를 쥐고 있었다. 둘 중 한 사람은 오십대 여자였고, 다른 한 사람은 아주 젊은 남자였다. 여자는 지팡이 끝으로 보도를 따라 서 있는 모든 수직의 장애물들을 가볍게 건드렸고, 또 젊은 남자의 지팡이를 인도하면서 그 역시 그 장애물들을 건드리게 했으며, 아주 빠르게 그리고 한 번도 틀리지 않으면서 어떤 장애물을 접촉하는지 그에게 알려주었다. 가로등, 버스정류장, 공중전화 부스, 휴지통, 우체통, 교통표지판(물론 그녀는 이 표지판이 무엇을 알려주는지는 설명할 수 없었다), 빨간신호등……

3
실제 작업들

이따금씩, 어쩌면 조금은 체계적인 관심을 갖고 거리를 관찰하기.
열중하기. 여유를 갖고 하기.

장소를 기록하기: 박생제르맹 사거리** 근처의 어느 카페테라스.
    시간: 저녁 일곱시
    날짜: 1973년 5월 15일
    날씨: 종일 맑음
보고 있는 것을 기록하기. 일어나고 있는 것 중 주목할 만한 것. 우리는 주목할 만한 것을 볼 줄 아는가? 우리의 시선을 사로잡는 무언가가 있는가?

83

---

*파리5구의 한 거리. 페렉은 이 거리에서 1974년부터 1982년까지, 즉 그의 임종 때까지 살았다.

**센강 아래, 파리7구에 위치한 사거리. 공식 명칭은 박라스파이 사거리. 생제르맹대로와 만나는 이 사거리를 흔히 박생제르맹 사거리라고 부른다.

아무것도 우리의 시선을 사로잡지 못한다. 우리는 보는 법을 모른다.

거의 어리석을 정도로, 더 천천히 접근해야 한다. 흥미롭지 않은 것, 가장 분명한 것, 가장 평범한 것, 가장 눈에 띄지 않는 것을 적기 위해 노력하기.

거리: 거리가 무엇으로 이루어졌고 무엇에 이용되는지 묘사하기 위해 노력하기. 거리의 사람들. 자동차들. 어떤 종류의 자동차들? 건물들: 건물들이 안락한 스타일인지, 호화로운 스타일인지 기록하기. 주거용 건물과 사무용 건물을 구별하기.
상점들. 상점들에서 무엇을 팔고 있는가? 식료품점은 없다. 아! 아니, 빵집 하나가 있다. 이 동네 사람들이 어디로 장을 보러 가는지 자문해보기.
카페들. 카페가 몇 개나 있을까? 하나, 둘, 셋, 넷. 왜 이 카페를 선택했을까? 내가 이곳을 알고 있기 때문이며, 햇빛이 비치기 때문이고, 담뱃가게를 겸하고 있기 때문이다. 다른 상점들: 골동품가게, 옷가게, 하이파이오디오가게 등. '등'이라고 말하지도, 쓰지도 않기. 그로테스크하거나 쓸데없거나 어리석어 보일지라도, 주제를 고갈시키기 위해 노력하기. 나는 아직 아무것도 바라보지 않았고, 오래전부터 알아봐왔던 것을 알아보았을 뿐이다.

더 평범하게 보도록 다짐하기.

리듬을 알아내기: 자동차들의 통행: 자동차들이 무리지어 도착한다. 거리에서 더 앞서 혹은 더 뒤에 달리던 차들이 빨간신호등으로 멈춰섰기 때문이다.
자동차들을 세어보기.

자동차번호판들을 바라보기. 파리에 등록된 차량인지 다른 지역 차량인지 구별하기.

분명히 많은 사람이 택시를 기다리고 있는 것 같은데도 택시가 없음을 기록하기.

거리에 쓰여 있는 것을 읽기: 모리스 광고기둥,* 신문가판대, 포스터, 교통표지판, 낙서, 땅에 버려진 광고전단지, 상점 간판.

여성들의 아름다움.

아주 높은 힐이 유행이다.

도시의 한 부분을 해독하기, 그로부터 분명한 사실들을 추론해내기: 예를 들면, 소유물에 대한 강박관념. 겨우 과일젤리 백 그램을 사러 가려고 주차하면서, 자동차 운전자가 몰두하는 작업 수를 적어보기:

— 일정 횟수의 운전 과정을 거쳐 주차하기
— 시동 *끄기*
— 일차 도난방지장치를 작동시키고 열쇠 꺼내기
— 자동차에서 나오기
— 왼쪽 앞문 유리창 올리기
— 왼쪽 앞문 잠그기
— 왼쪽 뒷문이 잠겼는지 확인하기; 잠기지 않았으면, 문을 열기
　　　　　　　　실내 손잡이를 돌려 올리기
　　　　　　　　문을 소리나게 닫기
　　　　　　　　문이 확실히 잠겼는지 확인
　　　　　　　　하기
— 자동차 주위를 한 바퀴 돌기; 필요한 경우, 트렁크를 열쇠로 잘 잠갔는지 확인하기

85

*colonne Morris. 본래 파리에만 존재하던 설치물이었는데, 현재는 프랑스 여러 도시에서 볼 수 있다. 원통형으로 되어 있고 주로 공연과 영화를 홍보하는 데 이용된다.

— 오른쪽 뒷문이 잠겼는지 확인하기; 잠기지 않았으면, 앞서 왼쪽
　뒷문에 행했던 작업 전체를 다시 시작하기
— 오른쪽 앞문의 유리창 올리기
— 오른쪽 앞문 닫기
— 오른쪽 앞문 잠그기
— 떠나기 전에, 자동차가 제자리에 잘 있는지 확인하고 아무도 그
　것을 훔쳐가지 못함을 확인하려는 듯 한번 빙 둘러보기

도시의 한 부분을 해독하기. 그곳의 교통: 왜 버스는 이 장소에서 저
장소로 이동할까? 누가 노선을 선택하며 무엇에 따라 선택할까? 파
리 시내의 버스 도정은 두 숫자로 구성된 수로 결정된다. 첫번째 숫
자는 도심의 종점을 나타내고 두번째 숫자는 도시 외곽의 종점을 가
리킨다. 사례를 찾아내기, 예외를 찾아내기: 숫자 2로 시작되는 번
호의 모든 버스는 생라자르역에서 출발하고, 숫자 3으로 시작되는
버스들은 동역에서 출발한다. 숫자 2로 끝나는 번호의 모든 버스는
대부분 16구나 불로뉴 지역까지 간다.
(예전에, 그것은 문자였다. 예를 들어, 크노가 좋아하던 S선 버스는
84번 버스가 되었다. 승강대가 있는 버스의 기억에 애틋해지기, 티
켓의 형태, 허리띠에 작은 기계를 찬 버스 차장……)

86

거리의 사람들: 그들은 어디서 오는 걸까? 어디로 가는 걸까? 그들
은 어떤 사람들일까?

서두르는 사람들. 천천히 걷는 사람들. 무리들. 레인코트를 입은 신
중한 사람들. 개들: 개들은 눈에 보이는 유일한 동물들이다. 새들은
보이지 않으며―하지만 나는 새들이 있다는 것을 안다―새소리도

들리지 않는다. 자동차 밑으로 미끄러져들어가는 고양이 한 마리를 발견할 수도 있을 텐데, 그런 일은 생기지 않는다.

요컨대, 아무 일도 일어나지 않는다.

사람들을 분류해보기: 이 구역에 사는 사람들과 그렇지 않은 사람들. 관광객이 있는 것 같지는 않다. 관광에 적합한 시기가 아니며, 게다가 이 구역은 특별히 관광할 만한 곳도 아니다. 구역의 특별한 것은 무엇일까? 살로몽베르나르호텔? 생토마다캥성당? 세바스티앵보탱거리 5번지?

시간이 지나간다. 맥주 한잔 마시기. 기다리기.
멀리 나무들이 보이는 것(저기, 생제르맹대로와 라스파이대로에), 영화관도 연극공연장도 없는 것, 눈에 띄는 공사현장이 없는 것, 대부분의 집들이 '벽면 닦아내기' 규정을 준수했음을 기록하기.

희귀한 종의 개 한 마리(아프간하운드? 슬루기?).

사하라사막을 횡단할 만한 장비를 갖추었다고 하는 랜드로버 한 대 (그럼에도 불구하고 사람들은 특이한 것, 특별한 것, 비참할 정도로 예외적인 것만을 기록한다: 이는 해야 할 것과는 정반대되는 일이다).

87

계속하기
장소가 있을 수 없는 것이 될 때까지
아주 짧은 순간 동안 낯선 도시에 있는 듯한 인상을 느낄 때까지, 혹은 더 나아가 무엇이 일어나고 무엇이 일어나지 않는지 더이상 이

해하지 못할 때까지, 장소 전체가 낯선 것이 되고 그것이 하나의 도시, 하나의 거리, 건물들, 보도들로 불린다는 것을 더이상 알지 못할 때까지……

홍수 같은 비가 내리게 하기, 모든 것을 부수기, 풀이 돋아나게 하기, 사람들을 암소들로 대체하기, 박거리와 생제르맹대로의 교차로에서 킹콩 혹은 텍스 에이버리*의 강력한 생쥐가 건물 지붕들보다 백 미터 더 높은 곳에 나타나는 것을 보기!

혹은 나아가: 도로망 아래에 있는 복잡한 하수관들, 지하철노선 경로, 그리고 이것 없이는 지상에서의 어떤 삶도 가능하지 않은 도관導管들의 보이지 않는 지하 증식(전기, 가스, 전화선, 수도관, 압축공기관** 망網)을 가능한 한 가장 정확하게 묘사하려 노력하기. 그 아래에, 바로 그 아래에 있는 시신세***를 되살려내기: 규석 성분의 석회질, 이회암과 이회토, 석고, 생투앙의 호수 석회질, 보상의 모래, 거친 석회질, 수아소네의 모래와 갈탄, 가소성 있는 수화水化 규산염, 백악白堊.

4

88 혹은:

편지 초고

나는 너를 생각한다, 자주
가끔씩 나는 어느 카페에 들어가, 문가에 앉아,
커피를 주문한다

나는 작은 가짜 대리석 원탁 위에 담뱃갑, 성냥갑, 종이 묶음, 사인펜을 배열해놓는다.

---

*Tex Avery(1908~1980). 헐리우드 애니메이션의 황금기를 이끌었던 애니메이션 감독이자 영화배우. 주로 워너브라더스와 메트로골드윈메이어(MGM)에서 작업했으며, 벅스버니, 대피덕, 드루피 등 인기 캐릭터를 만들어냈다.

**속달우편을 위해 파리 지하에 설치했던 압축공기관.
***始新世. 신생대 제3기를 다섯으로 나눈 것 중 두번째 시기.

나는 작은 스푼으로 오랫동안 커피 잔을 젓는다(하지만 설탕을 커피에 넣지 않고 북쪽 지방 사람들처럼, 러시아 사람들과 폴란드 사람들이 차를 마실 때처럼, 입안에서 녹이면서 커피를 마신다)
나는 마치 결정해야 할 무엇이 있는 사람처럼 근심하는 척, 숙고하는 척한다
종이의 오른쪽 상단에 날짜를 기입하고 때로는 장소를, 때로는 시간을 기입하면서, 나는 편지를 쓰는 척한다

나는 천천히, 아주 천천히, 가능한 한 최대한 천천히 쓰고, 글자 하나하나, 악센트 하나하나를 쓰고 그리며, 구두기호들을 확인한다

나는 작은 광고지, 아이스크림과 미스테르*의 가격, 창문의 철제 부품, 블라인드, 노란색 육각형 재떨이(실제로 이것은 정삼각형인데, 잘라낸 모서리들에 반원형의 오목한 부분들을 만들어 담배를 올려놓을 수 있게 했다)를 주의깊게 바라본다

밖에는 해가 약간 난다
카페는 거의 비어 있다
건물 미장이 둘이 카운터에서 럼주를 마시고 있고, 카페 주인은 계산대 뒤에서 졸고 있으며, 여자종업원이 커피머신을 청소하고 있다   89

나는 너를 생각한다
너는 너의 거리를 걷고 있고, 겨울이며, 늑대모피 외투의 깃을 세운 채 멀리서 웃고 있다

(…)

*디저트 상표. 머랭과 아이스크림 위에 아몬드
조각을 얇게 장식한 디저트.

5
장소들
(진행중인 한 작업에 대한 메모)

1969년, 나는 파리에서 내가 살았거나 혹은 나의 특별한 기억들이 얽혀 있는 장소 열두 곳(거리들, 광장들, 교차로들, 파사주)을 골랐다.

나는 매달 이 장소들 중 두 곳을 묘사하기로 계획을 세웠다. 두 개의 묘사 중 하나는 장소 그 자체에 관해 행해지고, 가능한 한 가장 중성적인 묘사가 될 것이다. 이를테면 카페에 앉아 또는 거리를 걸으며, 수첩과 펜을 손에 쥐고, 집들, 상점들, 내가 마주치는 사람들, 벽보들, 그리고 일반적인 방식으로 나의 시선을 끄는 모든 세부를 묘사하려고 시도해보는 것이다. 또다른 묘사는 장소의 다른 차원에서 행해질 것이다. 그러니까 기억의 장소를 묘사하려고 애써보고, 그와 관련해 떠오르는 모든 추억, 즉 그곳에서 전개되었던 사건들이나 혹은 그곳에서 만났던 사람들을 회상하려 애써보는 것이다. 이 묘사들이 끝나면 나는 그것을 봉투 안에 넣어 밀랍으로 봉인할 것이다. 몇 번인가 나는 내가 묘사하는 장소들에 남자 또는 여자 사진작가 친구를 데려갔고, 그들은 자유롭게 혹은 나의 지시에 따라 사진을 찍었으며, 나는 그 사진들을 쳐다보지 않고 (단 한 장의 사진*을 제외하고는) 해당 봉투에 넣었다. 또한 이 봉투들에 나중에 증거를 대신할 수 있는 다양한 요소들, 예를 들어 지하철 티켓, 음식점 티켓, 영화관 티켓, 팸플릿 등을 넣은 적도 있다.

나는 해마다 이 묘사를 다시 시작할 건데, 내가 이미 암시한 바 있는 연산방식(이번에는 12차 직교라틴방진)에 의거해, 일차적으로는 이 장소들 각각을 한 해의 각기 다른 달에 묘사하고, 이차적으로는 결코 동일한 달에 동일한 장소의 쌍을 묘사하지 않도록 유의할 것이다.

90

---

*페렉이 봉투에 넣기 전에 보았던 단 한 장의 사진은 파리 20구의 '빌랭거리rue vilin 24번지'를 찍은 사진이다. 빌랭거리는 그가 선택한 열두 장소 중 하나였는데, 이 거리의 24번지에서 그가 태어났다. 또 페렉이 '장소들' 프로젝트를 진행할 때까지만 해도, 이곳에는 과거 그의 어머니가 일하던 미용실의 출입구가 남아 있었다. '빌랭거리 24번지 사진'은 페렉의 자서전-소설 『W 또는 유년의 기억』(1975)의 초판 겉표지에 사용되기도 했다.

원칙상 '시한폭탄'을 상기시키는 이 계획은, 그러므로 모든 장소가 2 곱하기 12회 묘사될 때까지 십이 년이 걸릴 것이다. 지난해에는 〈잠자는 남자〉(게다가 이 장소들 중 대부분이 등장하는 영화) 촬영에 너무 몰두한 탓에 십이 년 중 1973년을 건너뛰었고, 따라서 1981년이 되어야 비로소 이 계획의 결과인 288개의 텍스트를 소유하게 될 것이다. 그때 나는 이 계획이 시도할 만한 가치가 있었는지를 깨닫게 될 것이다. 실제로 내가 그 일로부터 기대하는 것은 바로 삼중의 낡음에 대한 흔적이다. 장소 그 자체의 낡음, 내 기억들의 낡음, 나의 글쓰기의 낡음.

구역

Le Quartier

1

구역quartier. 구역이란 무엇인가? 너는 구역에 사는가? 너는 구역에 속하는가? 너는 구역을 바꿨는가? 너는 어느 구역에 있는가?

　구역, 그것은 정말로 무정형의 어떤 것이다. 일종의 지방행정구*이고, 혹은 엄밀히 말해 한 구arrondissement의 사분의 일에 해당하며, 한 경찰서가 관할하는 도시의 작은 부분이다……

더 일반적으로: 걸어서 쉽게 이동할 수 있는 도시의 일부고, 혹은 똑같은 것을 자명한 이치의 형식으로 말하자면, 우리가 바로 거기에 있기 때문에 찾아갈 필요가 없는 도시의 일부다. 이는 명백해 보인다. 아울러 짚고 넘어가자면, 대부분의 도시주민들에게 구역은 또한 그들이 일하고 있지 않은 도시의 한 부분이라는 당연한 명제로 인식된다는 점이다. 즉 우리는 우리가 일하는 곳이 아니라, 우리가 거주하는 곳을 구역이라고 부른다. 그리고 거주 장소와 일하는 장소는 거의 항상 일치하지 않는다. 이 또한 명백한 사실이며, 그 결과물은 셀 수 없이 많다.

95

*Paroisse. 대혁명 전까지의 지방행정구.
주임신부가 관할하는 교회구역을 뜻하기도 한다.

구역의 삶

이것은 떠벌이기에 아주 좋은 말이다.

우선 이웃들이 있고, 구역 사람들이 있으며, 상인들, 유제품판매점, 잡화점, 일요일에도 문을 여는 담뱃가게, 약국, 우체국, 우리가 단골이거나 적어도 꾸준한 손님(주인 또는 여종업원과 악수하는 사이)인 카페가 있다.

물론 우리가 항상 같은 정육점에 가고, 식료품점에 소포를 맡기고, 일용잡화점 회계장부에 계정을 열고, 약사를 이름으로 호칭하고, 신문가게 주인에게 고양이를 맡기면서, 이러한 습관들을 잘 유지할 수 있을지 모른다. 하지만 아무리 그렇게 해봤자 소용없는 일일 것이다. 그런 습관들이 하나의 삶을 만들어내지는 못할 것이며, 삶이라는 환상조차 주지 못할 것이다. 그것들은 하나의 친숙한 공간을 만들어낼 것이고, 하나의 도정(집에서 나오기, 석간신문, 담배 한 갑, 분말세제 한 통, 체리 일 킬로 등을 사러 가는 일)을 생기게 할 것이며, 몇 번의 부드러운 악수(안녕하세요 샤미삭 부인, 안녕하세요 페르낭 씨, 안녕하세요 잔느 양 하는 식)의 구실이 되겠지만, 이는 단지 필요성을 달짝지근하게 조정한 것이자 돈벌이 속셈을 포장하는 방식에 불과할 것이다.

물론 우리는 오케스트라를 창단하거나 거리에서 연극을 공연할 수도 있을 것이다. 소위 말해, 구역에 활기를 불어넣기. 단순한 공모가 아닌 다른 것, 즉 어떤 요구나 어떤 투쟁을 통해 어느 거리 또는 여러 거리의 사람들을 함께 결속시키기.

구역의 죽음

이것 또한 떠벌이기에 아주 좋은 말이다.

(게다가, 죽어가는 다른 많은 것들이 있다: 도시들, 농촌들 등.)

내가 특히 아쉬워하는 것은, 동네 세탁소를 홍보하는 조악한 광고를 틀어주던 구역의 영화관이다.

2

앞서 말한 모든 것으로부터, 나는 결론을 끌어낼 수 있다. 구역이라는 것에 대해 내가 단지 아주 막연한 생각만을 갖고 있을 뿐이라는, 솔직히 말해 거의 만족스럽지 못한 결론이다. 최근 몇 년 동안 내가 적잖이 변한 것은 사실이다. 나는 구역에 제대로 익숙해질 시간을 갖지 못했다.

나는 내 구역을 거의 이용하지 않는다. 내 친구 몇몇이 나와 같은 구역에 사는 것은 단지 우연일 뿐이다. 내 집과 관련해, 내가 주로 관심을 가지는 곳은 오히려 변두리 쪽이다. 도리어 집을 옮긴다 해도 전혀 반대할 의사가 없다.

왜 분산을 중요시하지 않을까? 단 하나의 장소에 살면서 그곳에 자신의 모든 걸 모으려 헛되이 애쓰는 대신, 왜 방을 다섯 개나 여섯 개로 파리 안에 분산시키지 않았을까? 나는 당페르에 잠을 자러 갈 수도 있고, 볼테르광장에서 글을 쓸 수도 있으며, 클리시광장에서는 음악을 들을 수도 있고, 푀플리에 비밀문*에서 사랑을 나눌 수도 있으며, 통브이수아르거리에서는 식사를 할 수도 있고, 몽소공원 근처에서 책을 읽을 수도 있다. 요컨대 이것이 모든 가구상을 포부르생투안지구에 모으고, 모든 유리상을 파라디거리에, 모든 재단사를 상티에거리에, 모든 유대인을 로지에거리에, 모든 학생을 라텡지구에, 모든 출판인을 생쉴피스지구에, 모든 의사를 할리스트리트에, 모든 흑인을 할렘에 모으는 것보다 더 어리석은 일인 걸까?

*19세기 티에르 대통령 시대에 파리에 세워진
요새 유적 중 하나. 파리13구, 포르트드장티와
포르트디탈리 사이에 있다.

도시
La Ville

1

"파리의 지붕들, 등을 대고 누워, 작은 발들을 허공에 띄우네."
—레몽 크노

너무 서둘러 도시의 정의를 찾으려 하지 말 것. 그것은 훨씬 더 방대하며, 우리는 수없이 많이 혼동할 수 있다.

우선, 우리가 보는 것의 목록을 만들 것. 우리가 확신하는 것을 집계할 것. 기본적인 구별 기준을 세울 것. 예를 들면, 도시인 것과 도시가 아닌 것 사이의 구별.

도시와 도시가 아닌 것을 구분하는 것에 흥미를 가질 것. 도시가 멈출 때 일어나는 것을 바라볼 것. 이를테면(나는 이미 거리에 관한 글에서 이 주제에 접근한 적이 있다), 우리가 파리 안에 있는지 혹은 파리 밖에 있는지를 알기 위한 절대적으로 확실한 방법은, 버스들 번호를 보는 것이다. 버스 번호가 두 자리 숫자라면 파리에 있는 것이고, 세 자리 숫자라면 파리 밖에 있는 셈이다(불행히도 반드시 그렇다는 건 아니다. 하지만 원칙상으로는 틀림없이 그렇다).

교외 지역들이 교외로 남지 않으려는 강한 경향을 띤다는 것을 인지할 것.

101

도시가 항상 예전의 모습을 간직하고 있지는 않다는 사실을 꼭 유의할 것. 예를 들어, 오퇴유는 오랫동안 시골에 속해 있었다. 19세기 중반까지, 의사들은 너무 창백한 아이를 보면 부모에게 오퇴유로 가서 며칠 머물며 시골의 좋은 공기를 마시라고 권유했다(게다가 오퇴유에는 아직도 '오퇴유 농장'이라는 이름을 고집하는 유제품 가게가 있다).

개선문이 시골에 세워졌다는 사실도 기억할 것(정말로 시골은 아니었고, 불로뉴숲과 유사한 지역이었다. 어쨌든 실제로 도시는 아니었다).

또한 생드니, 바뇰레, 오베르빌리에가 푸아티에, 안시 혹은 생나제르보다 훨씬 더 중요한 도시가 되었다는 점도 기억할 것.

'포부르'*라고 불리는 모든 곳은 도시의 외곽에 위치했다는 것을 기억할 것(포부르생탕투안, 포부르생드니, 포부르생제르맹, 포부르생토노레).

우리가 생제르맹데프레라고 부르는 것은 거기에 '데 프레'**가 있었기 때문이라는 것을 기억할 것.

'불르바르'***는 본래 나무들이 심어진 산책로로, 도시를 둘러싸는 도로이며, 보통 옛 성벽이었던 공간을 차지하고 있음을 기억할 것.

따라서 예전에는 요새화된 장소였음을 기억할 것……

102

2

바람은 바다로부터 불어온다. 도시의 역겨운 냄새는 유럽에서는 동쪽으로, 아메리카에서는 서쪽으로 밀려간다. 부유한 구역들이 파리의 서쪽(16구, 뇌이, 생클루 등)과 런던의 서쪽(웨스트앤드), 그리고 뉴욕의 동쪽(이스트사이드)에 자리한 것은 그런 이유 때문이다.

---

*faubourg. '변두리, 외곽'으로 대개 번역되는데, 과거에는 성밖의 도심지구를 지칭했고, 좁게는 파리 근교를 뜻하기도 한다.

**des prés. '풀밭 또는 목초지'를 뜻하는 어구.
***boulevard. '대로'라고 대개 번역되며, '~거리rue'나 '~로avenue'보다 도심구역에서 더 중요한 기능을 지닌다.

3

하나의 도시: 돌로 된, 콘크리트로 된, 아스팔트로 된 도시. 미지의 사람들, 기념물들, 기관들.

거대도시들. 사방으로 뻗어나간 도시들. 간선도로들. 군중들.

개미집들?

도시의 심장이란 무엇인가? 도시의 영혼이란?

사람들은 왜 어떤 도시는 아름답고 어떤 도시는 추하다고 말할까? 도시 안에서 어떤 것이 아름답고 어떤 것이 추한 걸까? 사람들은 도시를 어떻게 알고 있을까? 자신의 도시를 얼마나 알고 있는 것일까?

방법: 도시에 대해 말하거나 도시에 관해 말하는 것을 그만두어야 할 것이다. 혹은 도시에 대해 세상에서 가장 단순한 방법으로 말하고 분명하게, 친숙하게 말하도록 해야 할 것이다. 모든 선입견을 쫓아낼 것. 잘 준비된 용어들로 생각하는 것을 그만둘 것, 도시학자들과 사회학자들이 말했던 것을 잊어버릴 것.

도시라는 개념 자체에는 끔찍한 무엇이 존재한다. 우리가 비극적이거나 절망적인 이미지들에, 즉 메트로폴리스, 무기질 세계, 화석화된 세상에 매달릴 수밖에 없을 거라는 느낌, 우리가 대답 없는 질문들을 끊임없이 되풀이할 수밖에 없을 거라는 느낌 말이다.

우리는 결코 도시를 설명하거나 정당화할 수 없을 것이다. 도시는 103 거기에 있다. 도시는 우리의 공간이며 우리에게 다른 곳은 없다. 우리는 도시에서 태어났다. 우리는 도시에서 자라났다. 우리가 숨을 쉬는 것도 도시 안에서다. 기차를 타는 것도 한 도시에서 다른 도시로 가기 위해서다. 우리 인류 자신을 제외하면, 도시 안에 비인간적인 것이라고는 없다.

4
나의 도시

나는 파리에 산다. 파리는 프랑스의 수도다. 프랑스가 '골'*이라고
불리던 시대에, 파리는 '뤼테스'라고 불렸다.

다른 많은 도시처럼, 파리는 일곱 개 언덕과 바로 인접한 곳에
세워졌다. 발레리앙산, 몽마르트르, 몽파르나스, 몽수리, 샤이오 언
덕, 뷔트쇼몽과 뷔토카이유, 생트주느비에브산 등.

나는 물론 파리의 모든 거리를 알지는 못한다. 하지만 거리들이
있는 장소에 대해 내겐 항상 어떤 생각이 있다. 설령 나 스스로가 원
할지라도, 내가 파리에서 길을 잃기란 어려울 것이다. 나는 무수한
지표들을 활용한다. 어느 방향으로 지하철을 타야 할지 거의 항상
알고 있다. 나는 버스들 노정을 꽤 잘 알고 있으며, 택시기사에게 내
가 가고 싶어하는 길을 설명할 수 있다. 거리들 이름이 낯선 적은 거
의 없었고, 구역들 특징도 내게는 익숙하다. 나는 별다른 어려움 없
이 성당들과 다른 기념물들을 알아볼 수 있으며, 어디에 기차역들이
있는지도 알고 있다. 수많은 장소가 구체적인 기억들에 연결되어 있
다. 가령, 이곳은 연락이 끊긴 내 친구들이 예전에 살았던 집들이고,
저곳은 내가 (처음에 집어넣은 이십 상팀짜리 동전 하나로) 여섯 시
간 동안 쉬지 않고 전자당구를 했던 카페이며, 또는 이곳은 내가 어
린 여자 조카가 뛰어노는 것을 돌보면서 발자크의 『나귀 가죽』을 읽
었던 작은 공원이다.

나는 파리를 걷는 것을 좋아한다. 가끔씩 오후 내내, 뚜렷한 목
적 없이, 전적으로 우연에 이끌려서도 아니고 모험을 위해서도 아
닌 채 발길 닿는 대로 거닐러 애쓰면서. 가끔씩 맨 처음 멈추는 버스
를 타고(이제 더이상 버스에 무임승차할 수는 없다). 혹은 철저하
게, 체계적으로 하나의 여정을 준비해서. 시간이 있었다면, 나는 쾨
니히스베르크 다리 건너기 문제**와 유사한 문제들을 구상해서 풀

104

*로마제국 멸망 전까지 현재의 프랑스, 벨기에,
스위스 서부, 독일 서부에 이르는 지방을
가리키는 용어. 로마식으로 골Gaule은 갈리아,
뤼테스Lutèce는 루테티아.
**18세기 동프로이센의 수도 쾨니히스베르크

(현재의 칼리닌그라드)에 있던 프레겔강의 다리
건너기를 제재로 만들어진 초기 위상기하학
문제. 일종의 '한붓그리기' 문제에 해당하며,
스위스 수학자 L. 오일러가 수학적 문제로
바꾸었다.

어보려 했을 것이다. 혹은 이를테면 파리를 이곳에서 저곳으로 가로
지르면서 알파벳 C로 시작하는 거리들만 이용하는 도정을 찾아내
보려 했을 것이다.

나는 내 도시가 좋지만, 이곳에서 좋아하는 것이 무언지 정확히 말
할 수는 없을 것이다. 그것이 냄새라고 생각하지는 않는다. 기념물
들을 보고 싶어한다기에는 내가 그것들에 너무 익숙해져 있다. 나는
어떤 빛들, 몇몇 다리, 카페테라스들을 좋아한다. 내가 오랫동안 보
지 못했던 어떤 장소에 들르는 것을 아주 좋아한다.

5
외국 도시들

우리는 역에서 혹은 공항터미널에서 자신이 묵을 호텔까지 갈 줄 안
다. 너무 멀리 떨어져 있지 않았으면 하고 바란다. 세심히 도시 지도
를 살펴보게 된다. 박물관, 공원, 누군가 강력히 보러 가라고 권했던
장소들을 표시하기도 한다.

　　우리는 그림들과 성당들을 보러 간다. 산책하거나 하릴없이 거
닐고 싶지만, 감히 그렇게 하지는 못한다. 우리는 되는대로 돌아다
닐 줄 모르며, 길을 잃을까봐 두려워한다. 제대로 거닐지도 못해 성
큼성큼 돌아다닌다. 무엇을 쳐다봐야 할지도 잘 모른다. 우연히 에
어프랑스 사무소라도 발견하면 거의 감동을 받기에 이르고, 신문가
판대에서 『르몽드』라도 발견하면 눈물을 글썽이기까지 한다. 어떤
장소든 하나의 추억에, 하나의 감정에, 하나의 얼굴에 붙들어두지
못한다. 우리는 찻집, 카페테리아, 밀크바, 술집, 식당들을 표시해둔
다. 어떤 조각상 앞을 지나간다. 유명한 맥주 양조업자인 루트비히
슈판케르펠 디 도미나토레*의 조각상이다. 우리는 만능 스패너 풀
세트를 흥미롭게 구경한다. (우리에겐 두 시간이 남았고 그래서 두

105

*페렉이 만들어낸 가상의 인물.

시간 동안 산책한다. 왜 우리는 이것 혹은 저것에 특별히 더 흥미를 느끼지 못하는 걸까? 중성의 공간, 실제로 아무런 표시도 하지 않은, 아직 탐사되지 않은 공간. 우리는 한 장소에서 다른 장소로 이동하기 위해 얼마나 많은 시간이 필요한지 알지 못한다. 그래서 항상 끔찍할 정도로 미리 움직인다.)

우리가 새로운 환경에 익숙해지기 시작하는 데는 이틀이면 충분할 수 있다. 족히 삼십 분을 투자해 보러 갔던 루트비히 슈판케르펠 디 도미나토레(유명한 맥주 양조업자) 조각상이 호텔에서 겨우 삼 분 거리(프린스아달베르트거리 끝)에 있음을 발견하는 날, 도시가 손안에 들어오기 시작한다. 그렇다고 이것이 우리가 도시에 살기 시작한다는 말은 아니다.

우리는 간신히 스쳐지나던 이 도시들에 대해 자주 정의할 수 없는 어떤 매력적인 추억을 간직한다. 우리의 우유부단함, 우리의 주저하던 발걸음, 어딜 향해 고개를 돌려야 할지 모르고 거의 아무것에도 충분히 감동받지 못하던 우리의 시선에 대한 추억 그 자체. 커다란 플라타너스들(이것이 정말 플라타너스들이었을까?)이 심어져 있던 베오그라드의 거의 텅 빈 어느 거리, 자르브뤼켄의 어느 세라믹 건물 외관, 에딘버그거리의 경사진 지붕들, 바젤에서 본 라인강의 강폭, 그 강을 건너는 페리호를 인도하는 줄—정확한 이름은 강의 밧줄*일 것이다……

6
관광에 대하여

"시내 구경 같은 건 생각조차 하지 않았다. 여행하는 나라 구경도 하인한테 시키는 영국인다운 처사였다."
—쥘 베른, 『80일간의 세계일주』**

---

*traille. 나룻배가 이용하도록 강의 양쪽 기슭에 걸쳐진 밧줄.

**번역 참조: 쥘 베른, 고정아 옮김, 『80일간의 세계일주』, 열린책들, 2010.

런던을 방문하기보다, 자기 집 벽난로 근처에서 쉬며 '베데커'(1907년판)에서 제공하는 대체 불가능한 정보들 읽기:

계절(시즌), 다시 말해 오월, 유월, 칠월은 런던을 방문하기에 가장 좋은 시기다. 이때는 국회가 열리는 시기이며, 상류사회 사람들이 도시에 머무는 시기이고, 최고의 배우들이 유명 극장들의 무대를 점령하는 시기이며, 예술 전시회들이 그 절정에 이르는 시기다. 나라의 나머지 지역은 산악지방을 제외하고는 일 년 내내 방문 가능하다.

　……주변에서 경찰을 찾지 못하면, 상점에 들러 경찰 관련 정보를 얻을 것. 낯선 이에게는 꼭 필요한 경우에만 말을 걸 것, 그리고 특히 프랑스어로 물어보는 행인의 어떤 질문에도 대답하지 말 것. 이런 질문은 필경 절도나 사기의 사전작업이기 때문이다. 그뿐만 아니라, 외국인은 지속적으로 조심해야 하며 특히 지갑과 시계에 항상 주의를 기울여야만 한다. 이러한 권고사항을 기차나 합승마차를 탈 때뿐만 아니라 내릴 때에도, 요컨대 군중이 있는 곳이면 어디서라도 상기할 것. 사람들이 많이 다니는 거리에서는 보행자가 우측으로 다니는 게 관례다. 또한 저녁에는 빈민구역이나 멀리 떨어진 거리에 가는 것을 피할 것.

107

　수도의 철도는…… 런던에서 긴 거리를 돌아다닐 때 요긴하게 이용할 수 있는 순환로다. 수도의 철도는 대개의 경우 별로 깊지 않은 지하로 다니며, 터널이나 높은 벽들 사이로 난 길도 지나간다…… 기차는 도시 내부의 철로를 오전 다섯시 반부터 자정까지 운행한다…… 표 파는 곳에서 표를 사고 철로로 내려간다. 첫번째 층계참에서 검표원이 당신에게 어느 쪽(플랫폼)에서 타야 하는지 알려준다. 표에 적힌 커다란 붉은색 O자는 '아우터outer' 즉 바깥쪽 선로를 의미하고, 커다란 I자는 '이너inner' 즉 안쪽 선로를 가리킨다. 다음 열차의 방향은 표지판이 알려주며, 운행되는 마지막 정거장 이름은 열차 전면에 진한 글자로 표시된다. 운전사가 역들을 알려주는데, 역 이름은 그 밖에도 게시판에, 전광판에 표시되고 플랫폼의 의자들 등받이에도 표시된다.

의사들. 다음의 의사들을 추천한다. L. 뱅트라, 프랑스대사관과 프랑스 병원의 의사……; H. 드 메릭(외과의사)……; H. 다르덴……; P. J. 바라노프, 프랑스 병원의 의사……; 나우만, 이탈리아 병원의 의사…… 치과의사들은 다음과 같다: A. A. 골드스미스(미국인)……; K. A. 데이븐포트(미국인)…… H. L. 커핀(미국인)……; 피어포인트(미국인) 등. 약사들은 다음과 같다(프랑스 약사는 한 명도 없음)……

시간의 사용: 겉으로 훑고 지나가는 데 만족하는 지칠 줄 모르는 여행자라 해도, 런던과 그 인근에 대해 좀더 분명한 견해를 얻기 위해서는 보름 정도 잡아야 겨우 만족스러울 것이다. 체계적인 시간 배분이 이 일을 꽤 용이하게 해줄 것이다. ……오전과 오후에는, 대부분 하루종일 문을 여는 성당들을 보러 갈 수 있고 공원과 식물, 동물원을 산책할 수 있다. 저녁식사 전인 오후 다섯시에서 일곱시 사이에는, 밀집한 군중들과 화려한 기병들, 대규모 행렬들로 항상 활기가 넘치는 리젠트스트리트나 하이드파크를 둘러본다. 런던다리 근처에 있다면, 한가한 시간을 이용해 항구와 그 주변, 도착하거나 떠나는 대형 선박들, 도크들 내에서 오가는 엄청난 왕래를 구경할 수 있을 것이다. 세계에서 유일하고 장대한 이 광경을 즐기고자 한다면 특히 그레이브젠드*로 짧은 여행을 다녀오길 추천한다.

*영국 잉글랜드 동남부, 켄트주 서북부의 템즈강에 면한 항구도시.

<h1 align="center">7</h1>
<h2 align="center">연습</h2>

— 베데커가 1907년 런던 지하철 묘사에 기울였던 것과 똑같은 세
심함으로, 지하철을 탈 때 우리가 수행하게 될 활동들에 대해
묘사하기

— 도시를 아름답게 만들기 위해 초현실주의자들이 제시했던 제
안들 중 몇몇을 재고하기:

　　　　오벨리스크 탑: 탑 끝을 완만하게 만들고 그 꼭대기
　　　　　　　　　　에 규모에 맞는 청동 깃털을 올려놓기
　　　　생자크 탑: 탑을 가볍게 구부리기
　　　　벨포르의 사자상: 사자상에게 뼈 하나를 갉아먹게 해
　　　　　　　　　　　서 서쪽으로 몸을 돌리도록 하기
　　　　팡테옹: 수직으로 절단해서 양쪽을 50센티미터 떨어
　　　　　　　뜨리기

— 적절한 지도와 교통지도들을 이용해, 파리의 모든 버스를 연이
어 탈 수 있는 여정을 계산해보기

— 파리의 미래 모습을 상상해보기:

파리는 겨울 정원이 될 것이다―대로 위의 과일나무들. 여과
되고 따뜻해진 센강―넘쳐나는 인조보석들―풍성한 금장식
물들―조명을 밝힌 집들―사람들은 빛을 모아둘 것이다. 왜
냐하면 설탕과 몇몇 연체동물의 살, 볼로냐산 인燐처럼 빛의
소유권을 지닌 물질들이 있기 때문이다. 야광 물질로 집 정
면을 칠하는 일이 시행될 테고 그 빛이 방사되어 거리를 밝
혀줄 것이다.

109

귀스타브 플로베르, 『부바르와 페퀴셰』의 초안,
최종 구상, 플레이아드 II권, 986쪽.

시골

La Campagne

1

나는 시골에 대해 별로 할 말이 없다. 시골은 존재하지 않는다. 그것
은 환영일 뿐이다.

내 동료들 대다수에게, 시골은 그들의 별장을 둘러싸고 있는 하나의
장식 같은 공간이다. 금요일 저녁 그들이 별장을 찾아갈 때 이용하
는 고속도로의 한 부분과 경계를 이루는 공간이자, 일요일 오후 자
연으로의 복귀를 예찬하면서 남은 주간 동안 버텨야 할 도시로 돌아
가기 전에 기운을 내어 몇 미터 정도 지나가보는 공간이다.

하지만 모든 이들처럼 나도 여러 번 시골에 갔다(아주 잘 기억하고
있는데, 마지막으로 간 게 1973년 2월이었다. 날씨가 몹시 추웠다).
게다가 나는 시골이 좋다(앞서 말했지만, 도시도 좋다. 나는 까다로
운 사람이 아니다). 나는 시골에서 지내는 게 좋다. 팡드캉파뉴*를
먹고, 좀더 신선한 공기를 마시며, 도시에서는 실제로 보기 어려운
동물들을 이따금씩 보고, 벽난로에 불을 지피며, 스크래블 글자맞추
기 놀이나 여럿이 하는 다른 작은 게임들을 한다. 대개 도시보다 공
간이 더 여유롭다는 사실은 인정해야 하며, 도시에서와 거의 비슷한

113

*프랑스의 시골빵. 바게트보다 수분이 적고
통밀, 호밀 등을 섞어 만드는 빵.

안락함과 때때로 비슷한 고요함도 느낄 수 있다. 하지만 내겐 이 모든 것 중 그 어떤 것도 보편타당한 차이를 이룰 만큼 충분해 보이지는 않는다.

시골은 하나의 낯선 나라다. 그렇게 되면 안 되었겠지만, 그러나 그런 나라가 되어 있다. 그렇게 되지 않을 수도 있었지만, 이미 그렇게 되어버렸고, 앞으로도 그럴 것이다. 어찌 됐든 이런 사실을 바꾸기에는 너무 늦어버렸다.

나는 도시 사람이다. 도시에서 태어나 자랐고 도시에서 살아왔다. 나의 습관, 나의 리듬, 나의 어휘는 도시 사람의 습관이고 리듬이며 어휘다. 도시는 나의 것이다. 나는 도시에서 내 집에 있는 느낌을 받는다. 아스팔트, 콘크리트, 철책, 그물처럼 나 있는 거리들, 다 보이지 않을 정도로 길게 이어지는 회색빛 건물 외관들, 이런 것들이 나를 놀라게 할 수도 있고 내게 충격을 줄 수도 있는 것들이다. 예를 들어, 자신의 목덜미를 보고 싶어할 때 겪는 극도의 어려움이나 확인할 길 없는 (이마나 위턱 쪽) 부비강* 같은 실체가 나를 놀라게 하거나 내게 충격을 주는 것과 같은 방식으로 말이다. 그러나 시골에서는 어떤 것도 내게 충격을 주지 않는다. 관례적으로, 모든 것이 나를 놀라게 한다고 말해볼 수도 있을 것이다. 하지만 실제로는 모든 것이 나와 거의 무관해 보인다. 나는 학교에서 많은 것을 배웠다. 여전히 메츠, 툴, 베르됭이 삼대 주교구를 형성한다는 것을 알고 있고, 이차방정식 'Δ=b2-4ac'를 알고 있으며, 산과 염기鹽基를 더하면 염과 물을 합한 것이 된다는 사실을 알고 있다. 하지만 나는 시골에 대해서는 아무것도 배우지 못했다. 혹은 사람들이 내게 알려준 것을 모두 잊어버렸다. 나는 시골에는 농부들이 살고 있고, 농부들은 해가 뜰 때 일어나고 해가 질 때 잠을 자며, 그들의 일은 무엇보다 석회를 뿌리고, 이회토 비료를 주고, 윤작하고, 윤작 순서를 바

---

*sinus. 코와 가는 관으로 연결되어 있는, 머리뼈의 공기 구멍을 일컫는 말.

꾸고, 패니 비료를 주고, 쇠스랑으로 고르고, 괭이로 일구고, 제초하고, 땅 표면을 고르거나 탈곡하는 것이라는 것을 책을 읽어 알게 되었다. 내게는 이 단어들이 내포하고 있는 작업들이, 예를 들어 내가 결코 능통하지 않은 분야인 복합중앙난방 보일러 수리를 맡는 작업들보다 더 이국적이다.

시골에는 물론 번쩍이는 기계들로 고랑을 낸 거대한 황토색 밭이 있고, 작은 숲이 있으며, 개자리속屬을 심은 초원과, 눈에 다 들어오지 않을 정도로 광활한 포도밭이 있다. 그러나 나는 이 공간들에 대해 아무것도 모르며, 나에게 그곳은 거주하기 힘든 곳이다. 내가 알 만한 유일한 것은, 빌모랭이나 트뤼포의 작은 씨앗 봉지들, 소들에게 멍에를 씌우는 것이 금지되어 있고 곡물용 되가 휴지통으로 쓰이고 있는 정비된 농장들(나는 곡물용 되를 하나 가지고 있는데 이게 아주 좋다), 어린 송아지의 사육을 측은하게 바라본 기사記事들, 그리고 벌레가 갉아먹은 나무 위 버찌들에 대한 향수鄕愁다.

2
시골적인 유토피아

먼저, 우리는 우편배달부와 함께 학교에 갈 수도 있을 것이다.

선생님의 꿈이 철도역장의 꿈보다 더 낫다는 것을 알게 될 수도 있다(아니, 그곳에 철도역장은 없을 것이며 단지 건널목지기만 있을지도 모른다. 몇 년 전부터 기차들이 더이상 마을에 정차하지 않아, 장거리 버스노선이 기차를 대신할지도 모른다. 하지만 아직 자동화되지 않은 건널목 하나가 여전히 남아 있을 수도 있다).

언덕 위 구름들의 형태를 바라보면서 비가 올지 안 올지 알 수 있을 것이며, 아직 가재들이 살고 있는 장소들을 알게 될지도 모르고, 자동차 정비공들이 자동차 마력을 만들어내던 시기를 기억해낼 수도 있을 것이다(이 얘기들을 거의 믿고 싶은 마음이 생길 때까지 좀더 덧붙일 수도 있겠지만, 어쨌든 지나치면 좋지 않을 것이다……).

물론, 우리가 모든 사람과 모든 사람의 이야기를 알게 될지도 모른다. 매주 수요일이면 당피에르*의 돼지고기 장수가 소시지들을 가져와 당신 집 앞에서 경적을 울릴 수도 있을 것이다. 매주 월요일이면 블레즈 부인이 세탁하러 올 수도 있을 것이다.

아이들과 함께 경사지 사잇길을 따라 오디를 따러 가게 될 수도 있고, 버섯 따러 가는 데 아이들을 데리고 갈 수도 있을 것이다. 아이들을 달팽이 채집에 보낼 수도 있을 테고.

아침 일곱시면 지나가는 차 소리에 주의를 기울일지도 모른다. 성당 맞은편 백년 된 느릅나무 아래에 있는 마을 벤치에 가서 앉아 있는 것을 좋아하게 될 수도 있다.

발목 위까지 올라오는 신발을 신고 야생초를 자르는 데 쓰이는 철제 꼭지 지팡이를 들고 밭으로 갈 수도 있을 것이다.

전원감시인과 마니유 카드놀이**를 할 수도 있다.

마을 공동 숲에 장작을 구하러 갈지도 모른다.

지저귀는 소리로 새들을 식별해낼 수도 있을 것이다.

자신의 과수원에 각각 무슨 나무가 있는지 알게 될 수도 있다.

계절이 돌아오는 것을 기다리게 될 수도 있을 것이다.

116

3
향수 어린 (가짜) 대안:
혹은 뿌리 내리기, 자신의 뿌리를 되찾기 또는 만들기, 공간에서 당신의 것이 될 장소를 취하기, 1밀리미터씩 자신만의 '자기 집'을 건설하기, 세우기, 제 것으로 만들기. 온전히 자신의 마을에 있기, 스스로를 세벤느 사람으로 알기, 스스로 푸아투 사람이 되기.***

---

*오브도道 샹파뉴아르덴주州에 있는 도시 이름.
**manille. 10을 제일 센 패로 삼는 카드놀이의 일종.

***세벤느는 프랑스 남동부 자연 지역, 푸아투는 중서부 푸아티에의 근처 오래된 옛 지방을 가리키는 말.

혹은 옷들만 짊어지기, 아무것도 간직하지 않기, 호텔에 살기, 호텔을 자주 옮기기, 도시를 바꾸기, 나라를 바꾸기. 네댓 개의 언어를 차이 없이 말하기, 읽기. 어디에도 내 집에 있다고 느끼지 않기, 그러나 거의 모든 곳에서 잘 지내기.

움직임에 관하여

우리는 어디에선가 살고 있다. 어떤 나라에, 그 나라의 어떤 도시에, 그 도시의 어떤 구역에, 그 구역의 어떤 거리에, 그 거리의 어떤 건물에, 그 건물의 어떤 집에.

오래전에 우리는 이동하는 습관을, 우리가 그 일로 고통받지 않도록 자유롭게 이동하는 습관을 가졌어야 했다. 하지만 우리는 그러지 않았다. 우리는 우리가 있던 곳에 남았다. 사물들도 그것들이 있던 그대로 남았다. 우리는 왜 거기였고 다른 곳이 아니었는지, 왜 그와 같았고 다른 식이 아니었는지 궁금해하지 않았다. 그러고 나서는 물론 너무 늦어버렸고, 길들여져버렸다. 우리는 우리가 있는 곳이 바로 그곳이라고 믿기 시작했다. 결국, 우리는 그곳에서 이전만큼 잘 지냈다.

우리는 바꾸는 것을 어려워한다. 가구들 자리를 바꾸는 일조차 그렇다. 이사하기, 이건 완전히 다른 일이다. 우리는 되도록 같은 구역에 머물며, 구역을 바꿀 경우 애석해한다.

118 이동하는 것에 우리가 동의하려면 대단히 중대 사건들이 있어야만 한다: 전쟁, 기근, 전염병.

우리는 어렵게 환경에 적응한다. 당신보다 며칠 앞서 도착한 사람들이 당신을 얕본다. 당신은 당신 동네 사람들과 함께 당신 동네에 머문다. 당신은 향수에 젖어 당신의 작은 시골 마을, 그 마을의 작은 강, 국도를 빠져나갈 때 보게 되는 거대한 겨자밭에 대해 언급한다.

나라
Le Pays

1
국경

나라들은 국경에 의해 서로 분리된다. 국경을 통과한다는 것은 언제나 뭔가 약간은 감동적인 일이다. 나무 방책으로 구체화되는 하나의 상상적 경계, 이 방벽은 무엇보다 그 경계를 나타내고 있다고 간주되는 선 위에 결코 정확히 위치해 있지 않으며, 선 이쪽으로나 저쪽으로 수십 미터 혹은 수백 미터 떨어져 있다. 이 상상적 경계는 모든 것을 바꾸기에 충분한데, 풍경 자체까지 바꾼다. 즉 대기도 같고 땅도 같지만, 길은 더이상 온전히 같은 길이 아니고, 도로표지판 표기법도 바뀌며, 빵집들도 우리가 바로 좀전에 빵집이라고 부르던 것과 더는 완전히 같지 않고, 빵들도 더이상 같은 모양이 아니며, 땅바닥에 굴러다니는 담뱃갑 포장도 더는 같지 않다……

121

　(동일하게 남아 있는 것을 기록하기: 집들의 형태? 들판의 형태? 얼굴들은? 주유소의 '셸Shell' 문양들, 최근의 한 사진 전시회에서 입증된 것처럼 티에라델푸에고제도諸島에서 스칸디나비아까지, 그리고 일본에서 그린란드까지 모두가 거의 동일한 코카콜라 간판들, 몇몇 차이를 지닌 자동차운전법규들, 스페인은 예외인 철도선로 간격 등.)

1952년 예루살렘에서, 나는 가시철조망 아래를 통과하면서 요르단 땅에 발을 디뎌보려 한 적이 있다. 하지만 나와 동행했던 사람들로 인해 못하게 되었는데, 그들 체력이 소진된 듯 보였다. 어쨌거나 내가 닿을 뻔했던 곳은 요르단이 아니었고, 아무데도 아닌 곳, 즉 노 맨스 랜드였다.

1970년 10월 바이에른주의 호프집에서, 나는 이른바 한눈에 서독에 속하는 무엇, 동독에 속하는 무엇, 체코슬로바키아에 속하는 뭔가를 모두 보았다. 당시 그것은 거대하고 음울한 잿빛 땅과 몇몇 작은 숲이었다. 이 전경을 볼 수 있던—서독의—식당 겸 여인숙은 많은 사람이 찾는 곳이었다.

1961년 튀니지의 스베이틀라* 유적에서 멀지 않은 곳, 카세린 쪽에서 얼마간 떨어진 지점에서, 나는 알제리 국경을 보았다. 한 줄로 늘어선 단순한 철조망이었다. 몇백 미터 떨어진 곳에, 알제리에 속한, 폐허가 된 한 농장이 보였다. 당시 여전히 작전용으로 쓰이던 모리스 선**이 바로 그 아래로 지나간다고 누군가 말해주었다.

국경은 선이다. 수백만 명의 사람들이 이 선 때문에 죽었다. 수백만 명의 사람들 그 선을 넘는 데 성공하지 못해 죽었다. 생존을 위해서 소박한 강 하나, 작은 언덕 하나, 고요한 숲 하나를 건너는 이 단계를 거쳐야만 했다: 다른 쪽은 중립국이자 자유지대인 스위스였다……

(〈위대한 환상〉***: 도망친 죄수들이 국경을 넘는 순간부터 그들에게 총을 쏘지 못할 것이다……)

사람들은 아주 작은 조각공간들, 즉 언덕의 일부라든가, 해안가 몇

122

---

*튀니지의 중부 도시로 고대 유적이 남아 있으며, 1세기 후반에 건설되어 이 지방의 중심도시로 번창했다.
**La ligne Morice. 알제리전쟁 기간 동안 건설된 군사방어선. 당시 프랑스 국방부 장관이었던 앙드레 모리스에서 이름을 땄다.

***La Grande Illusion(1937). 일차대전을 배경으로 독일 포로수용소에 갇힌 프랑스 장교들의 탈출기를 그린 영화. 장 르누아르가 감독했고, 장 가뱅과 에리히 폰 스트로하임 등이 출연했다.

미터, 바위 봉우리들, 거리의 모퉁이를 두고 서로 싸웠다. 수백만 명의 사람들에게 죽음은 때로는 백 미터도 안 되게 떨어져 있는 두 지점 사이의 작은 고도 차이로부터 왔다: 532 언덕을 차지하기 위해 혹은 되찾기 위해, 몇 주 동안 싸우기도 했다.

　　(일차세계대전 동안 프랑스 군대의 총사령관 중 한 사람은 '니벨'* 장군이라고 불렸다⋯⋯)

2
나의 나라

국토(조국―독일어로 '파터란트Vaterland'―, 국가, 나라, 프랑스, 프랑스 본토)는 서유럽의 한 국가이며 갈리아키살피나** 지역의 가장 큰 부분에 해당한다. 국토는 북위 42도 20분과 51도 5분 사이, 서경西經 7도 11분과 동경東經 5도 10분 사이에 위치한다. 그것의 표면적은 52만 8576제곱킬로미터에 달한다.

대략 2640킬로미터 정도의 둘레로, 국토는 프랑스의 '영해'를 이루는 해상공간으로 둘러싸여 있다.

국토 위로는 그 전체 지면에 상응하는 '영공'이 있다.

123

지상, 해상, 항공의 세 공간에 대한 방어, 보전, 안전은 공권력의 항구적 관심대상이다.

나는 내게 나의 나라와 관련해 덧붙일 만한 어떤 특별한spécial 것 또는 어떤 공간적인spatial 것이 있다고는 생각하지 않는다.

---

* 'nivelle'은 프랑스 단어 'niveler(표면을 평탄하게 하다)'의 1, 3인칭 단수형이기도 하다.

** Gallia Cisalpina. '알프스 이쪽의 갈리아'라는 뜻으로 고대 로마의 속주 중 하나. 현재 이탈리아 북부의 에밀리아와 롬바르디아에 해당하는 지역이다. 엄밀히 말해 프랑스 본토는 갈리아키살피나 지역의 가장 큰 부분이 아니라 갈리아키살피나 너머 지역의 가장 큰 부분에 해당하며, 따라서 페렉이 착각한 것으로 보인다.

유럽

세계의 오대륙 중 하나.

구대륙

유럽, 아시아, 아프리카.

신대륙

"어이, 친구들, 우리는 발견되었네!"
(한 인디언이 크리스토프 콜럼버스를 알아보고서)

세계
Le Monde

세계는 거대하다.
비행기들은 그곳에서 사방으로, 모든 시간을 가로질러 다닌다.

여행하기.
우리는 주어진 위도를 따라가볼 수도 있고(쥘 베른의 『그랜트 선장의 아이들』에서처럼), 혹은 미국의 주들을 알파벳 순서에 따라 (쥘 베른의 『어느 기인의 유언』에서처럼) 돌아다니거나, 동명의 서로 다른 두 도시의 존재를 이용해 (미셸 뷔토르의 『모빌』에서처럼) 한 주에서 다른 주로 이동하며 돌아다니는 것도 시도해볼 수 있을 것이다.

129

여행에 대한 놀라움과 실망. 거리를 정복했다는, 시간을 지웠다는 환상.
멀리 떨어져 있기.

낡은 사전에서 오랫동안 하나의 이미지로 존재했던 어떤 것을 실제로 보기: 간헐온천, 폭포, 나폴리만, 1914년 6월 28일 11시 15분 사라예보에서 가브릴로 프린치프가 오스트리아의 프란츠 페르디난트

대공과 호엔베르크의 조피 공작부인에게 총을 쏠 때 서 있던, 프란 츠요제프거리와 아펠부두가 만나는 모퉁이이자 시미치 형제의 술집 바로 맞은편에 있는 장소.

혹은 차라리 본래의 장소라 추정되는 곳에서 아주 멀리 떨어져서 보기. 예를 들어, 포레누아르의 작은 별장에서 조개껍질로 만든 '디나르 기념품' 상자같이 몹시 조잡한 물건 보기. 혹은 인버네스의 민박집에서 '생뱅상호텔, 코메르시'라고 적혀 있는 옷걸이처럼 아주 평범한 물건 보기. 혹은 (프랑스에서는 라티스본이라는 이름으로 더 알려진) 레겐스부르크의 어느 가정 하숙집 거실에서 H. 크로즈 씨가 작성한 『타른도道의 고고학 총람』(파리, 1865, 사절판, 123쪽)같이 완전히 비사실적인 물건 보기.

우리가 항상 보기를 꿈꿔왔던 것을 보기. 그런데 항상 무엇을 보기를 꿈꿔왔던가? 거대한 피라미드들? 크라나흐*가 그린 멜란히톤**의 초상화? 마르크스의 무덤? 프로이트의 무덤? 부하라와 사마르칸트?*** 〈실비아 스칼렛〉****에서 캐서린 헵번이 썼던 모자?

　　(어느 날 나는 포르바흐에서 메츠로 이동하면서, 생장로르바흐에 있는 에블레 장군 출생지를 보러 가려고 길을 우회한 적이 있다.)

130

혹은 그보다 우리가 한 번도 본 적 없는 것, 우리가 기대하지 않았던 것, 상상하지 않았던 것을 발견하기. 하지만 어떤 사례들을 제시할 수 있을까. 그것은 세월이 흐르는 동안 세상의 놀라운 일이나 경이로운 일의 범주 안에 집계되던 것이 아니다. 웅장한 것도 아니며, 인

---

*Lucas Cranach(1472~1553). 북유럽 르네상스의 대표적인 독일 화가. 독일 남부와 오스트리아의 알프스 풍경을 배경으로 풍경화, 종교화를 그렸고 루터 등 저명인사의 초상화도 다수 남겼다.

**Philipp Melanchthon(1497~1560). 본명은 필리프 슈바르체르트. 독일의 신학자이자 종교개혁가.
***두 도시 모두 실크로드의 요지였던 우즈베키스탄의 도시명.
****한국어판으로 소개된 제목은 〈남장여인〉. 조지 쿠커 감독의 1935년 영화.

상적인 것도 아니다. 또한 반드시 낯선 것도 아니다. 그보다는 오히
려 재발견한 친숙한 것, 형제 같은 공간……

세계에 대해 우리는 무엇을 알 수 있을까? 태어나서 죽을 때까지, 우
리의 시선이 얼마나 많은 수량의 공간을 훑어보리라 희망할 수 있
을까? 우리의 구두 바닥이 지구라는 별에서 몇 제곱센티미터를 디
뎌볼 수 있을까?

　세계를 돌아다니는 것, 사방을 누비는 것, 그것은 단연코 약간
의 아르*만을, 약간의 아르팡**만을 알게 되는 일일 것이다. 물질세
계를 초월한 유적들로의 미세한 침입, 모험의 떨림, 몇몇 세부가 우
리의 기억에 남아 있는, 부드러운 안개 속에서 응고되어버린, 믿을
수 없는 탐색일 것이다. 이 기차역들과 이 길들, 반짝이는 공항 활주
로들, 고속으로 달리는 야간열차가 짧은 순간 동안 비추는 이 좁다
란 대지의 띠들을 넘어, 그리고 너무 오랫동안 기다렸고 너무 늦게
발견된 전경들과 돌멩이 더미와 예술작품 더미를 넘어, 아마도 온
통 하얀색의 도로 위를 달리는 세 명의 아이들일 것이다. 혹은 그것
은 오래전에 녹색으로 칠한 울타리 나무문이 있는 아비뇽 출구 근처
의 작은 집일 것이고, 자르브뤼켄 인근 한 언덕 꼭대기에서 본 나무
들의 오려낸 듯한 윤곽선일 것이며, 나폴리 근교의 어느 카페테라스
에 앉아 행복한 표정을 짓고 있는 네 명의 뚱보들일 것이고, 외르의
브리온대로일 것이며, 크리스마스 이틀 전 저녁 여섯시 무렵 스팍
스*** 시장의 어느 지붕 덮인 회랑에서의 서늘함일 것이고, 스코틀
랜드의 어느 호수를 가로지르는 아주 작은 댐일 것이며, 코르볼로르
게유 근처의 구불구불한 도로일 것이다…… 그리고 이것들과 함께
하는, 세계의 구체성에 대한 확고하고도 직접적이며 명백한 감정일
것이다. 즉 우리에게 좀더 가까이 있는 분명한 무엇. 세계는 더이상

131

*are. 면적의 단위. 1아르는 100제곱미터에
해당한다.
**arpent. 옛 측량 단위. 1아르팡은 1에이커에
해당한다.

***가베스만灣의 북부에 있는 튀니지 제2의
도시이자 스팍스주의 주도. 페렉은 1960년
폴레트 페트라와 결혼 후 스팍스로 건너가
이듬해까지 일 년 정도 체류한다.

계속해서 다시 가야 하는 도정 같은 것도, 끝없는 경주나 끊임없이 재개해야 하는 도전 같은 것도 아니며, 절망적으로 쌓아올린 것들을 위한 유일한 구실 같은 것도, 정복을 위한 환영 같은 것도 아니다. 세계는 하나의 의미를 되찾는 일, 지상의 글쓰기에 대한 지각이자, 우리가 그 저자임을 잊어버린 어떤 지리학에 대한 지각 같은 것이다.

공간
L'Espace

······그렇게 해서 세상과 공간이 서로의 거울 같아 보였고, 아주 작은 상형문자들과 표의문자들로 장식된 것 같았어요. 그런 문자들 각각은 기호가 될 수도 있고 아닐 수도 있었지요. 현무암 위에 응결된 석회석, 사막의 모래언덕 위로 바람이 높이 세운 모래 등성이, 공작 깃털 속에 자리잡은 둥근 눈 무늬(기호들 속에서 살아가면서 천천히, 셀 수 없이 많은 사물을 기호로 볼 수 있게 되었습니다. 이런 것들은 지금까지 단지 자신의 존재 말고 다른 의미는 전혀 드러내지 않았지요. 이런 수많은 사물이 스스로 기호로 변했고, 기호를 만들고 싶어하는 이가 일부러 기호들과 합쳐졌지요), 편암 바위벽에 비치는 불빛 무늬, 신전 박공벽의 코니스 427번째에 약간 기울어지게 파인 홈, 자기 폭풍이 일어날 때 텔레비전 화면에 나타나는 연속선들(연속되는 기호들은 연속되는 기호의 기호들 속에서, 항상 똑같이, 그리고 항상 다른 방식으로 수없이 반복되는 기호의 기호들로 증가됩니다. 우연히 거기에 있게 된 기호가 의도적으로 만들어진 기호에 더해지기 때문이지요), 석간신문에서 종이의 섬유질 때문에 제대로 인쇄되지 않은 알파벳 R의 다리 부분, 멜버른 항구 도크의 타르 발린 중공벽에서 껍질이 벗겨져나간 80만 곳 중의 하나, 통계학 곡선, 아스팔트 위의 급브레이크 자국, 염색체······

이탈로 칼비노, 『우주 만화』*

*번역 참조: 이탈로 칼비노, 이현경 옮김,
『우주 만화』, 민음사, 2014.

우리는 보기 위해 우리의 눈을 사용한다. 우리의 시야視野는 우리에게 한정된 하나의 공간을 드러내 보여준다. 왼쪽으로 그리고 오른쪽으로 움직이다 금세 멈추고, 크게 내려가지도 올라가지도 못하는, 막연하게 둥근 무엇. 사팔눈을 뜨면, 우리는 우리의 코끝을 볼 수 있다. 눈을 올리면 위에 있는 것이 보이고, 눈을 내리면 아래에 있는 것이 보인다. 머리를 한 방향으로 돌려보고 반대 방향으로 돌려봐도, 주위에 있는 모든 것이 다 보이지는 않는다. 뒤에 있는 것을 모두 보기 위해서는 몸을 돌려야만 한다.

우리의 시선은 공간을 돌아다니며 우리에게 입체감과 거리에 대한 착시를 심어준다. 그렇게 해서 우리는 공간을 구축한다. 위와 아래, 왼쪽과 오른쪽, 앞과 뒤, 가까운 곳과 먼 곳으로 이루어지는 공간.

135

아무것에도 시야가 막혀 있지 않을 경우, 우리의 시선은 아주 멀리까지 도달한다. 그러나 그 무엇과도 마주치지 않는다면, 시선은 아무것도 보지 못한다. 우리의 시선은 그것이 마주하는 것만을 본다. 공간, 그것은 시선을 멈추게 하는 것이고, 시선이 그 위에 둑을 만드는 것이다. 장애물이며, 벽돌들이자, 각이고, 소실점이다. 공간, 그것은 시선이 하나의 각을 만들 때, 멈춰설 때, 다시 출발하기 위해 회전해야만 할 때 발생한다. 공간, 그것은 외부원형질적인 그 어떤 것도 갖고 있지 않다. 공간은 가장자리를 지니고, 모든 방향으로 나아가지도 않으며, 철도 레일들이 무한대에 이르기 훨씬 전에 만나기 위해 해야 하는 모든 것을 행한다.

직선들에 관하여

여기서 나는 직선들의 우수함을 증명하기 위해 곡선들에 관한 장章을 만들었다……

직선! 참된 기독교도가 걸어가야 할 길, 성직자들이 말한다.

도덕적 청렴성의 상징, 키케로는 말한다.

최상의 선線, 양배추를 심는 사람들이 말한다.

두 점 사이의 가장 짧은 거리의 선, 아르키메데스가 말한다.

그러나 나와 같은 작가는 다른 많은 작가와 마찬가지로 기하학자가 아니다. 나는 직선을 포기했다.

로렌스 스턴
『신사 트리스트럼 섄디의 인생과 생각 이야기』* 240장

*18세기 영국 작가 로렌스 스턴의 소설. 페렉이 참조한 프랑스 번역판은 국내에 번역된 원서 영어판과 다소 차이가 있다.(번역 참조: 로렌스 스턴, 김정희 옮김, 『신사 트리스트럼 섄디의 인생과 생각 이야기』, 을유문화사, 2012)

척도들

나는 나 자신이, 내 생각에는 모든 사람처럼, 기준점들에 끌리는 것을 느낀다. 우주의 모든 사물의 위치와 거리를 결정할 때 출발점이 되는 축들과 준거점들 말이다:

— 적도
— 그리니치의 본초자오선
— 해수면

혹은 프랑스에서 모든 도로의 거리를 계산할 때 출발점이 되는 노트르담성당 광장 위의 원圓(이 원은 유감스럽게도 주차장을 건설할 때 사라졌는데, 아무도 그것을 다시 제자리에 두는 것에 대해 고려하지 않았다).

튀니스에서 스팍스로 갈 때마다, 나는 트리폴리, 벵가지, 알렉산드리아, 카이로가 어느 정도 거리에 있는지 알려주는 표지판 앞을 지나가는 것을 좋아했다(그후로 이 표지판 역시 사라졌다).

나는 1744년 랑에서 출생한 피에르프랑수아앙드레 메생과 1749년 아미앵에서 출생한 장바티스트조제프 들랑브르가 미터의 정확한 길이를 측정하려는 단 하나의 목적으로 됭케르크에서 바르셀로나까지 갔던 사실을 알게 되어서 좋다(메생의 계산이 틀린 것처럼 보이기도 한다).

나는 셰르도道, 베댕시市의 프라퐁과 라프렐La Presle 마을들 중간쯤에, 거기가 정확히 프랑스 본토의 중앙이라는 것을 알려주는 표지판이 있다는 사실을 알고 있어서 좋다.

지금 이 순간, 여기에서도, 나의 위치를 도, 분, 초, 십분의 일 초, 백분의 일 초 단위로 정의해보는 것이 내게 전적으로 불가능하지는

않을 것이다: 북위 49도 부근의 어느 곳, 그리니치자오선 동쪽으로 2도 10분 14초 4 부근의 어느 곳(혹은 파리 자오선 서쪽으로 겨우 몇 분의 일 초), 그리고 해발 몇십 미터.

　최근에 영국에서 위도와 경도만을 주소로 적은 편지 한 장이 부쳐졌다는 글을 읽었다. 분명, 발신인은 지리학자가 아니더라도 적어도 측량사 또는 토지중개사였을 것이다. 실제로 수신인은 정말로 그렇게 해야 위치를 파악할 수 있을 만큼 충분히 고립된 집에서 혼자 살고 있었다. 어쨌거나 편지는 전달되었다. 프랑스 체신부장관에 상응하는 영국의 체신공사총재는 공식성명을 발표했는데, 이 성명에서 그는 우체국 직원들에게 대단한 경의를 표했지만 미래에는 이러한 수신인 주소가 더이상 고려대상이 되지 못할 것이라고 경고했다. 운문으로 쓰인 주소들의 경우도 마찬가지인데, 우체국 직원들에게는 수수께끼를 푸는 일 외에도 다른 할일이 많기 때문이다. 편지 한 통이 출발점에서 도착점까지 거쳐가는 여정은 엄격한 약호를 따르는 업무다. 다시 말해 말라르메, 라티스 여신* 혹은 지도제작법은 단지 소란만 만들어내는 요인일 수밖에 없다……**

　공간은 시간보다 더 길들여진 듯, 혹은 덜 위험한 듯 보인다. 도처에서 손목시계를 찬 사람들은 마주쳐도, 나침반을 지닌 사람들을 마주치는 일은 매우 드물다. 우리는 언제나 시간을 알고자 하지만(이제 누가 태양의 위치를 보고 시간을 추측할 수 있겠는가?), 자신이 어디에 있는지는 결코 궁금해하지 않는다. 그것을 알고 있다고 믿기 때문이다. 우리는 집에 있거나, 사무실에 있거나, 지하철 안에 있거나, 거리에 있다.

　이것은 물론 분명한 사실이다―그런데 분명하지 않은 것은 무엇인가? 때때로 우리는 우리가 어디에 있는지 자문해봐야 할 것이다. 즉 현재 위치를 파악하기. 단지 자신의 정신상태, 자신의 소소한 건강, 자신의 신앙, 자신의 야망, 자신의 존재이유에 대해서 뿐

139

---

*고대 켈트 다신론에서 숭배되던 여신. 물과 맥주의 여신이자 하천의 여신.

**운문처럼 쓴 주소(말라르메-시인)나 지리학적으로 표기한 주소(라티스-지리의 여신, 지도제작법)는 우체국 업무를 방해하는 일만이 될 것이라는 뜻.

만 아니라, 단 하나뿐인 자신의 지형적 위치에 대해서. 그리고 정말로 위에서 언급한 축들과 관련해서가 아니라, 우리가 생각하고 있는 혹은 우리가 생각하기 시작한 하나의 장소나 하나의 존재와 관련해서. 이를테면 앵발리드에서 오를리공항으로 가는 버스에 올라탈 때, 여행 도중 그르노블의 높은 산악지대에서 우리가 기다리게 될 사람을 마음속에 그려보기. 버스가 멘대로의 교통체증 한가운데서 어렵게 길을 터 나아가는 동안, 프랑스 지도상에서의 버스의 느린 전진을, 즉 앵, 손에루아르, 니에브르, 루아레를 횡단하는 모습을 상상해보기…… 혹은 좀더 체계적인 방식으로, 하루 중 어느 구체적인 순간에, 당신의 친구들 중 몇몇이 서로와 관련해 혹은 당신과 관련해 점하고 있는 위치에 대해 스스로 질문을 던져보기: 고도의 차이(당신과 마찬가지로 이층에 사는 이들, 혹은 육층이나 십이층 등에 사는 이들)와 방향을 조사해보기, 공간 안에서 그들의 이동을 상상해보기.

오래전에, 내 생각에는 모든 사람처럼, 아마도 신학년 시작 즈음 우리가 지난해 카르팡티에피알립 영어참고서*와 루콩발뤼지에 참고서를 이듬해 카르팡티에피알립 영어참고서와 루콩발뤼지에 참고서로 교환하러 갈 때마다 지베르서점에서 나눠주던 자그마한 학기별 어젠다 중 하나에, 나도 다음과 같이 내 주소를 쓴 적이 있다:

*1960년대까지 프랑스에서 널리 사용되었던 프랑스 참고서. 중학교 영어교사였던 피에르 카르팡티에와 마들렌 피알립 부부가 저자다. 한편, 루콩발뤼지에라는 참고서는 세상에 없으며 페렉이 만들어낸 허구의 정보로, 프랑스의 유명한 엘리베이터 회사 이름인데, 여러 작가가 별 특징 없는 커플 이름으로 사용하곤 했다. 페렉은 그의 저서 『소프라노 성악가 L……』의 참고문헌에서도 'Roux et Combaluzier'를 허구의 저자 이름으로 사용했다.

조르주 페렉

아송시옹거리 18번지

A 계단

4층

오른쪽 현관 집

파리16구

센주州*

프랑스

유럽

세계

우주

*과거 프랑스에 존재했던 주(1795~1968년). 이
기간 동안 81개 코뮌을 관할했으나, 1968년 1월
1일 파리 지역재정비법에 따라 파리, 오드센주,
센생드니주, 발드마른주, 네 개 주로 나뉜 후
폐지되었다

공간을 가지고 놀기

큰 수들을 가지고 놀기(계승, 피보나치수열, 기하급수들):

지구에서 달까지 거리: 너무나 얇아서 1000장을 포개야 1밀리미터가 되는 담배 마는 종이 한 장을 연속해서 마흔아홉 번 절반으로 접기.

지구에서 태양까지 거리: 같은 종이를 연속해서 쉰아홉 번 절반으로 접기.

명왕성에서 태양까지 거리: 마찬가지로 같은 종이: 위에서보다 네 번 더 접으면 대략 비슷하지만, 다섯 번 더 접으면 30억 킬로미터 이상으로 좀더 먼 거리가 된다.

지구에서 켄타우루스좌의 첫번째 별까지 거리: 열다섯 번 더 접기.

거리를 가지고 놀기: 당신의 집으로부터 314.60킬로미터 떨어진 곳에 있는 모든 장소를 방문하거나 돌아다니는 여행을 준비하기.

내가 돌아다녔던 길을 지도들에서, 참모본부 지도들에서 찾아보기.

척도를 가지고 놀기: 피에*와 리유**에 다시 익숙해지기(이는 스탕달이나 뒤마, 쥘 베른의 소설을 좀더 편하게 읽는 데 도움이 될 것이다). 마지막으로 한번은, 해리海里가 무엇인지에 대해 구체적으로 생각해보기(그리고 같은 기회에 노트***에 대해서도). 주르날****이 평면적의 한 단위임을 기억하기: 그것은 농부가 하루 동안 경작할 수 있는 표면적이다.

공간을 가지고 놀기:

새끼손가락을 들어 일식을 만들어내기(『율리시스』에서 레오폴드 블룸이 하는 것).

피사의 사탑을 떠받치는 자세로 사진 찍기……

142

---

*pied. 옛 길이 단위. 약 0.3248m. 영미의 길이 단위인 피트(약 0.3048m)와 유사함.

**lieue. 옛 거리 단위. 약 4km에 해당.

***noeud. 한 시간에 한 해리를 달리는 속도.

****journal. 과거에 한 사람이 하루에 경작할 수 있는 토지 면적.

무중력 상태로 사는 것에 익숙해지기 시작하기:
수직선과 수평선을 잊기: 에셔의 판화들, 영화 〈2001년 스페이스 오
　디세이〉에서 우주여행선의 실내.

이 기막힌 (게다가 상호보완적인) 두 생각에 대해 명상하기:

　　"나는 제네바호수로 수프를 끓일 때 필요한 소고기의 양에
　　대해 자주 생각한다."─피에르 닥, 『로스아묄』*

　　"코끼리는 일반적으로 실물보다 더 작게 그려지지만, 벼룩
　　은 항상 더 크게 그려진다."─조너선 스위프트, 『다양한 주
　　제에 대한 생각』**

143

---

*Pierre Dac. 본명은 앙드레 이삭(André Isaac, 1893~1975). 프랑스의 유머 작가이자 희극 배우. '사골'이란 뜻의 『로스아묄L'Os à moelle』은 피에르 닥이 1936년에 창간한 풍자 주간지.

**Pensées sur divers sujets(1741). 이 책은 조너선 스위프트의 『정신력에 관한 비평 에세이 A Critical Essay upon the Faculties of the Mind』(1707~1711) 중 일부를 편역한 것이다.

공간의 정복

1
레몽 루셀 씨의 이동식 주택
(『르뷔 뒤 투어링클럽 드 프랑스』 잡지에서 발췌)

수많은 탁월한 지성인들이 그의 천재성을 칭찬하는 『아프리카의 인상』의 저자는 길이 9미터에 폭 2미터 30인 한 자동차의 설계도를 작성한 적이 있다.

이 자동차는 진정 하나의 작은 집이다. 실제로 창의적인 배치 덕에 다음과 같은 것들이 포함되어 있다: 거실, 침실, 작업실, 욕실, 그리고 세 명으로 구성된 개인 고용인(운전사 두 명과 룸보이 한 명)을 위한 공동 침실.

라코스테가 작업한 차체는 대단히 우아하고, 내부설비도 기발한 동시에 독창적이다…… 침실은 낮에는 작업실이나 거실로 변형되고, 차체 전면부(운전사 좌석 뒤쪽)의 경우 저녁에는 위에서 언급한 세 사람이 넉넉히 쉬면서 세면도 할 수 있는 작은 방이 된다(운전사 좌석과 핸들의 왼편에 있는…… 판장벽 안에 세면대가 있다).

레몽 루셀 씨의 이동식 주택의 실내장식은 메이플社 작품이다.

전기난방기와 농축가스를 사용하는 벽난로가 있다. 온수기 또한 가스와 휘발유 겸용으로 작동한다.

가구는 모든 필요를 충족시킬 수 있도록 준비되었다. 거기에는 피셰社 금고까지 들어가 있다.

훌륭한 라디오수신장치는 유럽의 모든 라디오방송을 청취할 수 있게 해준다.

144

공간

이러한 묘사는 비록 짧지만, ―트레일러 부엌을 더할 수도 있는― 이 진정한 이동식 빌라가 그 소유자에게 다소 축소된 범위 내에서 익숙한 내 집의 모든 즐거움을 되찾아준다는 것을 보여준다.

호화 설비들을 싣고 있는 차체는 사우러사社 차체다. 평지에서 평균속도는 시속 40킬로미터 정도다. 가장 심한 경사로들도 엔진브레이크장치 덕에 걱정 없이 다닐 수 있다.

방향조정장치는 어려운 '방향전환'도 가능하게 해주는데, 특히 구불구불한 산악도로를 탈 때 매우 탁월한 수준을 보여준다.

……완성되자마자, 이동식 주택은 스위스와 알자스를 거치는 3000킬로미터의 긴 일주를 실현하기 위해…… 떠났다. 매일 저녁 루셀 씨는 다른 장소를 만났다.

그는 이 여행으로부터 비할 데 없는 느낌들을 간직한 채 돌아왔다.

2
서재에 있는 성 히에로니무스
안토넬로 다메시나(런던, 내셔널갤러리)

145

서재는 성당 타일바닥에 놓인 일종의 목재가구다. 계단 세 개를 통해 올라갈 수 있는 단壇 위에 세워져 있고, 주요 구성으로 칸막이 선반 여섯 개가 포함되어 있으며, 선반들에는 책들과 다양한 물건들이(특기하자면 상자들과 화병 하나가) 놓여 있다. 또 작업대 하나가 있는데, 평평한 부분에는 책 두 권과 잉크병 하나, 펜 하나가 놓여 있고, 경사진 부분에는 성인이 읽고 있는 책이 놓여 있다. 서재의 모든 요소는 고정되어 있으며, 즉 글자 그대로 가구의 일부다. 단 위에는 또한 성인이 앉아 있는 의자 하나와 궤櫃 하나가 놓여 있다.

성인은 단에 올라가기 위해 신발을 벗었다. 그리고 궤 위에 추기경 모자를 벗어놓았다. 그는 붉은색 (추기경용) 사제복을 입고 있고 같은 붉은색 계열의 성직자 모자를 머리에 쓰고 있다. 의자에 몸을 꼿꼿이 세워 앉아 있고, 읽고 있는 책으로부터 아주 멀리 떨어져 있다. 손가락들은 마치 책을 단지 훑어보고 있는 것처럼, 혹은 앞서 읽은 부분들을 자주 참조해야만 하는 것처럼 책의 페이지들 사이에 미끄러지듯 끼어 있다. 한 선반 꼭대기에, 성인의 맞은편 아주 높은 곳에, 십자가에 매달린 작은 그리스도상像이 놓여 있다.

선반들 한 측면에는 간소한 옷걸이가 두 개가 달려 있다. 그중 하나에 천이 걸려 있는데, 아마도 사제가 미사 때 목에 두르는 흰 천 혹은 영대領帶로 보이지만, 더 그럴듯하게는 수건처럼 보인다.

단의 돌출부 위에는 화분 두 개와 작은 얼룩고양이 한 마리가 있다. 화분 중 하나는 키 작은 오렌지나무 화분일 것이고, 고양이는 가벼운 잠에 빠져 있는 상태라는 것을 짐작케 하는 자세로 엎드려 있다. 오렌지나무 위에 있는 작업대 널판에는 명찰 하나가 붙어 있는데, 거의 대부분의 안토넬로 다메시나 작품에서처럼, 거기에도 화가의 이름과 그림의 제작년도가 적혀 있다.

서재의 윗 공간과 양옆 공간을 통해, 우리는 성당의 나머지 부분을 파악해볼 수 있다. 성당은 비어 있는데, 예외적으로 사자 한 마리가 오른편에서 한 발을 든 채 독서중인 성인을 방해하러 갈까 말까 망설이는 듯한 자세로 서 있다. 상부의 좁고 높은 창문들 틀 안에는 새 일곱 마리가 보인다. 아래쪽 창문들을 통해서는 천천히 흐르는 풍경*을 볼 수 있다. 사이프러스 한 그루, 올리부나무들, 성城, 뱃놀이하는 두 사람과 낚시하는 세 사람이 있는 강.

146

*이 그림의 아래쪽 창문 풍경은 페렉의 소설 『인생사용법』(1978)에서 훨씬 자세히 묘사된다. 수많은 인용과 암시들로 이루어진 이 소설에는 안토넬로 다메시나의 그림 〈서재에 있는 성 히에로니무스〉에 대한 묘사도 삽입되어 있는데, 페렉은 등장인물 마르그리트 윙클레의 그림을 빌려 이 그림에 대해 다음과 같이 묘사한다. "그녀의 세심함, 그녀의 철저함, 그녀의 솜씨는 대단한 것이었다. 길이 4센티, 폭 3센티의 액자 안에, 그녀는 작은 흰 구름들이 흩어져 있는 엷은 푸른색 하늘, 포도나무로 덮인 사면들이 부드럽게 물결을 이루는 언덕의 지평선, 성, 두 개의 길과 그 교차로를 다갈색 말을 타고 달리는 붉은색 복장의 기사, 묘지와 거기서 삽을 들고 무덤을 파고 있는 두 명의 인부, 실편백나무, 올리브나무, 미루나무들로 둘러싸인 강과 그 강가에 앉아 있는 세 명의 낚시꾼, 그리고 흰 옷을 입은 두 명의 인물이 타고 있는 조각배로 이루어진 풍경 전부를 담아내었다."(334쪽)

그림의 내용 전체는 커다란 고딕식 출입구를 통해 보인다. 출입구의 받침돌 위에는 공작 한 마리와 아주 어린 먹잇감 새 한 마리가 근사한 구리 냄비 옆에 사이좋게 서 있다.

그림의 공간 전체가 이 가구*를 중심으로 구성되어 있다(그리고 가구 전체는 책을 중심으로 구성되어 있다). 그 덕에 성당의 차가운 건축양식(그대로 노출된 타일바닥, 적대적 느낌의 기둥들)이 중화된다. 또 그 투시법과 수직선들도 이곳을 오로지 숭고한 신앙의 장소로만 규정하지는 못하게 하면서, 가구에 그 축척률을 제공하며 공간 안에 가구가 잘 자리잡을 수 있도록 해준다. 즉 거주할 수 없는 곳의 한가운데에, 가구로 인해 고양이들, 책들, 사람들이 평온하게 머물 수 있는 하나의 길들여진 공간이 형성된다.

3
탈주자
"그렇게 전속력으로 달리는 교량 하나를 보고 있는 것만 같다."
ㅡ자크 루보**

나는 이 일화의 출처를 잊어버렸다. 따라서 그 진실성을 보장할 수 없고 그 표현의 정확성을 확신하기도 어렵다. 그럼에도 이 일화는 내 생각을 기막히게 예증해주는 것처럼 보인다.

147

한 프랑스 죄수가 한밤중에 독일로 자신을 수송하던 기차에서 탈주하는 데 성공했다. 밤은 완전히 칠흑 같았다. 죄수는 자신의 위치를 전혀 몰랐다. 그는 무작정, 다시 말해 자신의 정면을 향해 똑바로, 오랫동안 걸어갔다. 어느 순간, 어떤 하천가에 다다랐다. 사이렌이 길게 울렸다. 몇 초 후, 배의 이동으로 일어난 파도가 물가에 와서 부서졌다. 길게 울리는 사이렌과 찰랑거리는 파도 소리를 갈라놓는

**성인聖人의 서재를 가리킨다.

*페렉과 같은 울리포에서 활동한 시인 자크 루보의 시 「실종」(1969)의 한 구절. 이 시는 프랑스어 모음 'e'를 배제하고 쓴 시로, 마찬가지로 'e'를 배제하고 쓴 조르주 페렉의 제자체除字體 소설 『실종 La Disparition』(1969)에 삽입되었다.

그 시간으로부터, 탈주자는 강의 너비를 추측해냈다. 강폭을 알고 있었기에 그는 그 강이 어떤 강인지 알아냈고(라인강이었다), 강의 정체를 알면서 자신이 어디에 있는지도 알게 되었다.

4
만남들

이것이 다른 식이었다면 분명 어떤 의미도 없었을 것이다. 모든 것이 연구되었고, 모든 것이 계산되었으며, 실수를 범할 문제가 아니다. 어떤 경우에서도 오류가 밝혀진 경우를 우린 알지 못하며, 몇 센티미터 혹은 심지어 몇 밀리미터의 오류도 없었다.

하지만 나는 프랑스 노동자들과 이탈리아 노동자들이 몽세니 터널* 한가운데서 만난 것을 생각할 때면, 항상 경탄과 비슷한 무언가를 느낀다.

*이탈리아 명칭은 몽세니시오. 프랑스 샹베리와 이탈리아 토리노를 잇는 복선형 철도 터널. 알프스 산악지대를 관통하는 최초의 길고 큰 터널(1만 3657m)로, 1857년에 착공해 1871년에 개통되었다. 터널 중간에 국경선이 있다.

살 수 없는 곳

살 수 없는 곳: 하수처리장 바다, 철조망이 둘러쳐진 해안들, 헐벗은 땅, 납골당이 있는 땅, 해골들이 쌓여 있는 곳, 진흙 구덩이 강들, 악취나는 도시들

살 수 없는 곳: 무관심과 겉치레로 지어진 건축물들, 보잘것없는 허영심으로 지어진 고층건물과 빌딩들, 서로 포개어 쌓아놓은 골방들 수천 개, 초라한 허세로 지어진 회사의 본사들

살 수 없는 곳: 협소한 곳, 숨쉬기 어려운 곳, 작은 곳, 비좁은 곳, 축소된 곳, 가장 정확하게 계산된 곳

살 수 없는 곳: 울타리로 막은 곳, 구금한 곳, 금지된 곳, 폐쇄된 곳, 깨진 병조각들이 가시처럼 박혀 있는 벽, 들여다보는 구멍들, 방벽들

살 수 없는 곳: 판자촌, 가짜 도시들

적대적인 곳, 우중충한 곳, 익명의 곳, 추잡한 곳, 지하철 통로, 공중목욕탕, 헛간, 주차장, 우편물 분리센터, 표 파는 곳, 호텔 방

149

제조소, 병영, 감옥, 보호시설, 양육원, 고등학교, 중죄재판소, 교정校庭

사유지 중 아끼는 공간, 개조한 곳간, 근사한 독신자 아파트, 녹음 한가운데에 있는 값비싼 스튜디오, 우아한 임시 거처, 삼중구조의 접대실, 공중에 떠 있어 전망이 탁 트이고 이중 향响을 가진 거대한 거

실들, 나무들, 들보들, 개성이 강한 곳, 실내장식가에 의해 호화롭게
정비된 곳, 발코니, 전화, 태양, 비상구, 진짜 벽난로, 외랑外廊, (스테
인리스) 설거지통이 두 개인 개수대, 조용한 곳, 개인소유의 작은 정
원, 예외적으로 매매된 곳

저녁 열시 이후에는 이름을 말해주시기 바랍니다.

정비:

39533/43/Kam/J   1943년 11월 6일

목적: 강제수용소 I번과 II번 시체소각로를 초목 띠로 장식하기 위
    한 식물채집.
참조: 수용소 지휘관 회스 SS 상급 대대지휘관과 비쇼프 대대지휘
    관의 회담.
아우슈비츠(북부 실레시아) 강제수용소의 농업회사 사장 세자르
    SS 대대지휘관 귀하
수용소 지휘관 회스 SS 상급 대대지휘관의 명령에 따라, 강제수용소
    I번과 II번 시체소각로는 수용소의 자연스러운 경계 역할을 하
    는 초목 띠를 갖추게 될 것입니다.
우리의 삼림보호지역에서 취해야 할 식물 리스트는 다음과 같습
    니다: 높이 1미터에서 5미터 사이의 잎나무 200그루; 높이 1미
    터 반에서 4미터 사이의 잎나무 새싹 100개; 모두 우리의 묘목
    보호지역에서 고를 예정인 높이 1미터 반에서 2미터 반 사이의
    장식용 소관목 1000그루.
위의 식물 구입을 우리의 재량에 맡겨주시기 바랍니다.

150

무장친위대건물 중앙지휘본부 및
아우슈비츠 경찰 책임자:
서명: SS 상급 대대지휘관

다비드 루세,
『어릿광대는 웃지 않는다』(1948)에 인용됨.

공간(이어서 그리고 끝)

나는 안정되고, 고정되고, 범할 수 없고, 손대지 않았고 또 거의 손댈 수 없고, 변함없고, 뿌리깊은 장소들이 존재하기를 바란다. 기준이자 출발점이자 원천이 될 수 있는 장소들:

나의 고향, 내 가족의 요람, 내가 태어났을지도 모르는 집, 내가 자라나는 것을 보았을지도 모르는(내가 태어난 날 아버지가 심었을지도 모르는) 나무, 온전한 추억들로 채워져 있는 내 어린 시절의 다락방……

이런 장소들은 존재하지 않는다. 그리고 그곳들이 존재하지 않기에, 공간은 질문이 되고, 더는 명백한 것이 못 되며, 더는 통합되지 않고, 더는 길들여지지 않는다. 공간은 하나의 의심이다. 나는 끊임없이 그곳을 기록해야 하고 가리켜야 한다. 공간은 결코 내 것이 아니며, 한 번도 내게 주어진 적이 없지만, 나는 그곳을 정복해야만 한다.

나의 공간들은 부서지기 쉽다. 시간이 그것들을 마모시킬 것이며 그것들을 파괴할 것이다. 어떤 것도 그전에 있던 것과 유사하지 않을 것이고, 내 기억들은 나를 배반할 것이며, 망각이 내 기억 속에 침투할 것이고, 나는 제대로 알아보지 못한 채 가장자리가 다 해지고 색이 바랜 사진들을 쳐다볼 것이다. 코키예르거리의 작은 카페 유리창에 아치 형태로 붙어 있던, 흰색 자기瓷器 문자 글들도 더이상 존재하지 않을 것이다: "여기서, 전화번호부를 이용하세요" 그리고 "간단한 식사 항시 가능".

152

공간은 모래가 손가락 사이로 빠져나가듯 사라진다. 시간은 공간을 데려가 형태를 알 수 없는 조각들만 내게 남겨놓는다:

글쓰기: 무언가를 붙잡기 위해, 무언가를 살아남게 하기 위해 세심하게 노력하기. 점점 깊어지는 공허로부터 몇몇 분명한 조각들을 끄집어내기, 어딘가에 하나의 홈, 하나의 흔적, 하나의 표시, 또는 몇 개의 기호들을 남기기.

파리
1973~1974년

153

이 책에 사용된 몇몇 어휘 색인

조르주 페렉 연보

1936 3월 7일 저녁 9시경 파리 19구 아틀라스 거리에 있는
산부인과에서 폴란드 출신 유대인 이섹 유드코 페렉Icek
Judko Perec과 시를라 페렉Cyrla Perec 사이에서 태어남.

1940 6월 16일 프랑스 국적이 없어 군사 징집이 되지 않았던
아버지 이섹 페렉이 자발적으로 참전한 노장쉬르센
외인부대 전장에서 사망.

1941 유대인 박해를 피해 일가 전체가 이제르 지방의
비야르드랑스로 떠남. 페렉은 잠시 레지스탕스 종교인들이
운영하는 비야르드랑스의 가톨릭 기숙사에 머물다 나중에
가족과 합류함. 이후 어머니는 적십자 단체를 통해 페렉을
자유 구역인 그르노블까지 보냄.

1942~43 파리를 떠나지 못했던 어머니 시를라가 12월 말경
나치군에게 체포돼 43년 1월경 드랭시에 수감되며,
2월 11일 아우슈비츠로 압송된 후 소식 끊김. 이듬해
아우슈비츠 수용소에서 사망했을 것으로 추정.

1945 베르코르에서 가족들과 망명해 당시 그르노블에 정착해
있던 고모 에스테르 비넨펠트Esther Bienenfeld가 페렉의 양육을
맡음. 고모 부부와 함께 파리로 돌아와 부유층 동네인 16구

아송시옹 가街에서 학창생활 시작. 샹젤리제 등을 배회하며
유년기와 청소년기를 보냄.

1946~54 파리의 클로드베르나르 고등학교와 에탕프의 조프루아
생틸레르 고등학교(49년 10월~52년 6월)에서 수학.
53년과 54년 에탕프의 고등학교에서 그에게 문학, 연극,
미술에 대한 열정을 일깨워준 철학 선생 장 뒤비뇨Jean
Duvignaud를 만나 친분을 쌓았고, 동급생인 자크 르데레Jacques
Lederer와 누레딘 메크리Noureddine Mechri를 만남.

1949 전 생애에 걸쳐 세 차례의 정신과 치료를 받는데, 처음으로
프랑수아즈 돌토Françoise Dolto에게 치료받음. 이때의 경험은
영화 〈배회의 장소들Les lieux d'une fugue〉에 상세히 기록됨.

1954 파리의 앙리4세 고등학교의 고등사범학교 수험준비반
1년차 수료.

1955 소르본에서 역사학 공부를 시작하다가 그의 철학
선생이었던 장 뒤비뇨와 작가이자 53년 『레 레트르 누벨Les
lettres nouvelles』을 창간한 모리스 나도Maurice Nadeau의 추천으로
잡지 『N.R.F.』지와 『레 레트르 누벨』지에 독서 노트를
실으면서 문학적 첫발을 내딛음. 분실된 원고인 첫번째
소설 『유랑하는 자들Les Errants』을 집필함.

160   1956 정신과 의사 미셸 드 뮈잔Michel de M'Uzan과 상담 시작.
아버지 무덤에 찾아감. 문서계 기록원으로 첫 직업생활을
시작함.

1957 아르스날 도서관에서 아르바이트를 함. 문서화 작업과 항목
분류작업 체계는 그의 작품 주제에 대한 영감을 제공함.
결정적으로 이해에 학업을 포기함. 미출간 소설이자
분실되었다가 다시 되찾은 원고인 『사라예보의 음모L'Attentat
de Sarajevo』를 써서 작가 모리스 나도에게 보여주어 호평을

받음. 57년부터 60년 사이, 에드가 모랭이 56년에 창간한
잡지『아르귀망*Arguments*』을 위주로 형성된 몇몇 그룹 회의에
참석함.

1958~59 58년 1월에서부터 59년 12월까지 프랑스 남부 도시 포에서
낙하산병으로 복무함. 전몰병사의 아들이라는 사유로
알제리 전투에 징집되지 않음. 59년에『가스파르*Gaspard*』를
집필하나 갈리마르 출판사로부터 출간을 거절당함. 이후
『용병대장*Le Condottière*』으로 출간됨.

1959~63 몇몇 동료들과 함께 잡지『총전선*La Ligne générale*』을 기획.
마르크스주의에 입각한 이 잡지는 비록 출간되지는
못했지만 이후 페렉의 문학적 사상과 실천에 깊은 영향을
미침. 이 과정에서 준비한 원고들을 이후 정치문화 잡지인
『파르티장*Partisans*』에 연재함.

1960~61 60년 9월 폴레트 페트라*Paulette Pétras*와 결혼해 튀니지
스팍스에 머물다, 61년 파리로 돌아와 카르티에라탱
지구의 카트르파주 가에 정착함.

1961 자서전적 글인『나는 마스크를 쓴 채 전진한다*J'avance*
masqué』를 집필했으나 갈리마르 출판사로부터 출간을
거절당함. 이 원고는 이후『그라두스 아드 파르나숨*Gradus*
ad Parnassum』으로 다시 재구성되나 분실됨.   161

1962 61년부터 국립과학연구센터CNRS에서 신경생리학
자료조사원으로 일하기 시작. 또 파리 생탕투안
병원의 문헌조사원으로도 일함. 78년 아셰트 출판사의
집필지원금을 받기 전까지 생계유지를 위해 이 두 가지
일을 계속함.

1962~63 프랑수아 마스페로*François Maspero*가 61년에 창간한
『파르티장』에 여러 글을 발표함.

1963~65 스물아홉의 나이에 『사물들*Les Choses*』을 출간하며 문단의
커다란 주목을 받음. 그해 르노도 상 수상.

1966 중편소설 『마당 구석의 어떤 크롬 자전거를 말하는
거니? *Quel petit vélo à guidon chrome au fond de la cour?*』 출간.
『사물들』의 시나리오 작업을 위해 장 맬랑, 레몽 벨루와
함께 스팍스에 체류.

1967 3월 수학자, 과학자, 문학인 등이 모인 실험문학 모임
'울리포OuLiPo'에 정식 가입. '잠재문학 작업실'이라는 뜻을
지닌 울리포 그룹은 작가 레몽 크노Raymond Queneau와 수학자
프랑수아 르 리오네François le Lionnais가 결성했는데, 훗날
페렉은 자신의 소설 『인생사용법』을 크노에게 헌정함. 9월,
장편소설 『잠자는 남자*Un homme qui dort*』 출간.

1968 파리를 떠나 노르망디 지방의 물랭 당데에 체류. 자크
루보Jacques Roubaud를 비롯한 울리포 그룹 일원들과 친분을
돈독히 함. 5월에 68혁명이 일어나자 물랭 당데에 계속
머물며 알파벳 'e'를 뺀 리포그람 장편소설 『실종*La Dispari-
tion*』을 집필함.

1969 비평계와 독자들을 모두 당황하게 한 『실종』 출간. 피에르
뤼송, 자크 루보와 함께 바둑 소개서인 『오묘한 바둑기술
발견을 위한 소고*Petit traité invitant à la découverte de l'art subtil du go*』
출간. 68혁명의 실패를 목도한 페렉은 이데올로기의
실천에 절망하며 이후 약 삼 년간 형식적 실험과 언어
탐구에만 몰두함. 『W 또는 유년의 기억*W ou le souvenir d'enfance*』
을 『캥젠 리테레르*Quinzaine littéraire*』지에 이듬해까지
연재함.

1970 페렉이 집필한 희곡 『증대*L'Augmentation*』가 연출가 마르셀
뷔블리에의 연출로 파리의 게테-몽파르나스 극장에서

162

초연됨. 울리포 그룹에 가입한 첫 미국 작가 해리
매튜스Harry Mathews와 친분을 맺음.

1971~75 정신과 의사 장베르트랑 퐁탈리스Jean-Bertrand Pontalis와
정기적으로 상담함.

1972 『실종』과 대조를 이루는 장편소설 『돌아온 사람들Les Reve-
nentes』 출간. 이 소설에서는 모음으로 알파벳 'e'만 사용함.
고등학교 시절 스승인 장 뒤비뇨와 함께 잡지 『코즈
코뮌Cause Commune』의 창간에 참여함.

1973 꿈의 세계를 기록한 에세이 『어렴풋한 부티크La Boutique
obscure』 출간. 울리포 그룹의 공동 저서 『잠재문학. 창조,
재창조, 오락La littérature potentielle. Création, Re-créations, Récréations』
이 출간됨. 페렉은 이 책에 「리포그람의 역사Histoire du
lipogramme」를 비롯한 짧은 글들을 게재. 『일상 하위의
것 L'infra-ordinarie』을 집필함.

1973~74 영화감독 베르나르 케이잔과 함께 흑백영화 〈잠자는
남자〉 공동 연출. 이 영화로 매년 최고의 신진 영화인에게
수여하는 장 비고 상을 수상함.

1974 공간에 대한 명상을 담은 에세이 『공간의 종류들Espèces
d'espaces』 출간. 페렉의 희곡 『시골파이 자루La Poche Parmentier』가
니스 극장에서 초연되고 베르나르 케이잔이 영화로도
만듦. 해리 매튜스의 소설 『아프가니스탄의 녹색 겨자 밭
Les Verts Champs de moutarde de l'Afganistan』 번역, 출간. 플로베르의
작업을 다룬 케이잔 감독의 영화 〈귀스타브 플로베르Gustave
Flaubert〉의 텍스트를 씀. 파리의 린네 가에 정착, 본격적으로
『인생사용법』 집필에 몰두함.

1975 픽션과 논픽션을 결합한 자서전 『W 또는 유년의 기억』
출간. 잡지 『코즈 코뮌』에 「파리의 어느 장소에 대한

163

완벽한 묘사 시도Tentative d'épuisement d'un lieu parisien」 게재, 이후
이 글은 소책자로 82년에 출간됨. 6월부터 여성 시네아스트
카트린 비네Catherine Binet와 교제 시작. 이후 비네는 페렉과
동거하며 그의 임종까지 함께함.

1976 화가 다도Dado가 흑백 삽화를 그린 시집 『알파벳Alphabets』
출간. 크리스틴 리핀스카Christine Lipinska의 17개의 사진과
더불어 17개의 시가 실린 『종결La Clôture』을 비매품 100부
한정판으로 제작함. 레몽 크노의 『혹독한 겨울Un rude
hiver』에 소개글을 실음. 파리 16구에서 보냈던 유년기와
청소년기의 방황을 추적하는 단편 기록영화 〈배회의
장소들〉 촬영. 주간지 『르 푸앵Le Point』에 『십자말풀이Les
Mots Croisés』 연재 시작. 페렉이 시나리오를 쓴 케이잔 감독의
영화 〈타자의 시선L'œil de l'autre〉이 소개됨.

1977 「계략의 장소들Les lieux d'une ruse」(이후 『생각하기/
분류하기』에 포함됨)을 집필함.

1978 에세이 『나는 기억한다Je me souviens』 출간. 9월에 장편소설
『인생사용법』 출간. 이 작품으로 프랑스 대표 문학상
중 하나인 메디치 상을 수상하고 아셰트 출판사의
집필지원금을 받아 전업작가가 됨.

164 1979 아셰트에서 발간한 비매품 소책자 『세종Saisons』에
처음으로 「겨울 여행Le Voyage d'hiver」이 발표됨. 이후 1993년
단행본으로 쇠유에서 출간. 『어느 미술애호가의 방Un
Cabinet d'amateur』 출간. 크로스워드 퍼즐 문제를 엮은 『십자말
풀이』가 출간되고, 이 1권에는 어휘 배열의 기술과 방법에
대한 저자의 의견이 선행되어 실려 있음. 86년에 2권이
출간됨. 로베르 보베르와 함께 미국을 여행하면서, 20세기
초 미국에 건너온 유대인 이민자들의 삶을 다룬 기록영화

〈엘리스 아일랜드 이야기. 방랑과 희망의 역사*Récits d'Ellis Island. Histoires d'errance et d'espoir*〉 제작. 이 영화 1부의 대본과 내레이션, 2부의 이민자들 인터뷰를 페렉이 맡음. 알랭 코르노 감독의 〈세리 누아르*Série noire*〉(원작은 짐 톰슨Jim Thompson의 소설 『여자의 지옥*A Hell of a Woman*』)를 각색함.

1980 영화의 1부에 해당하는 에세이 『엘리스 아일랜드 이야기. 방랑과 희망의 역사』 출간. 시집 『종결, 그리고 다른 시들 *La Clôture et autres poèmes*』 출간.

1981 시집 『영원*L'Éternité*』과 희곡집 『연극 I *Théâtre I*』 출간. 해리 매튜스의 소설 『오드라데크 경기장의 붕괴 *Le Naufrage du stade Odradek*』 번역, 출간. 로베르 보베르의 영화 〈개막식*Inauguration*〉의 대본을 씀. 카트린 비네의 영화 〈돌랭장 드 그라츠 백작부인의 장난*Les Jeux de la comtesse Dolingen de Gratz*〉 공동 제작. 이 영화는 81년 베니스 영화제에 초청되며, 같은 해 플로리다 영화비평가협회FFCC 상을 수상. 화가 쿠치 화이트Cuchi White가 그림을 그리고 페렉이 글을 쓴 『눈먼 시선*L'Œil ébloui*』 출간. 호주 퀸스 대학의 초청으로 호주를 방문해 약 두 달간 체류. 그해 12월 기관지암 발병.

1982 잡지 『르 장르 위맹*Le Genre humain*』 2호에 그가 생전에 발표한 마지막 원고 「생각하기/분류하기」가 실림. 이 책은 사후 3년 뒤인 85년에 출간됨. 3월 3일 파리 근교 이브리 병원에서 마흔여섯번째 생일을 나흘 앞두고 기관지암으로 사망. 그의 유언에 따라 파리의 페르라셰즈 묘지에서 화장함. 미완성 소설 『53일 *Cinquante-trois Jours*』을 남김. 카트린 비네의 영화 〈눈속임 *Trompe l'oeil*〉에서 쿠치의 사진과 미셸 뷔토르의 시 「멍한 시선」과 더불어 페렉의 산문 「눈부신 시선」과 시 「눈속임」이 대본으로 쓰임.

165

* 1982년에 발견된 2817번 소행성에 '조르주 페렉'이라는 이름이 붙여졌으며, 1994년 파리 20구에 '조르주 페렉 거리 rue de Georeges Perec'가 조성되었다.

166

주요 저술 목록

저서(초판)

『사물들』
Les Choses
Paris: Julliard, collection "Les Lettres Nouvelles," 1965, 96p.

『마당 구석의 어떤 크롬 도금 자전거를 말하는 거니?』
Quel petit vélo à guidon chromé au fond de la cour?
Paris: Denoël, collection "Les Lettres Nouvelles," 1966, 104p.

『잠자는 남자』
Un homme qui dort
Paris: Denoël, collection "Les Lettres Nouvelles," 1967, 163p.

『임금 인상을 요청하기 위해 과장에게 접근하는 기술과 방법』
L'art et la manière d'aborder son chef de service pour lui demander une augmentation
L'Enseignement programmé, décembre, 1968, n° 4, p.45~66

『실종』
La Disparition
Paris: Denoël, collection "Les Lettres Nouvelles," 1969, 319p.

『돌아온 사람들』
Les Revenentes
Paris: Julliard, collection "Idée fixe," 1972, 127p.

167

『어렴풋한 부티크』
La Boutique obscure
Paris: Denoël-Gonthier, collection "Cause commune," 1973, non
paginé, postface de Roger Bastide.

『공간의 종류들』
Espèces d'espaces
Paris: Galilée, collection "L'Espace critique," 1974, 128p.

『파리의 어느 장소에 대한 완벽한 묘사 시도』
Tentative d'epuisement d'un lieu parisien
Le Pourrissement des sociétés, Cause commune, 1975/1, Paris: 10/18
(n° 936), 1975, p.59~108. Réédition en plaquette, Christian
Bourgois Éditeur, 1982, 60p.

『W 또는 유년의 기억』
W ou le souvenir d'enfance
Paris: Denoël, collection "Les Lettres Nouvelles," 1975, 220p.

『알파벳』
Alphabets
Paris: Galilée, 1976, illustrations de Dado en noir et blanc, 188p.

『나는 기억한다: 공동의 사물들 I』
Je me souviens. Les choses communes I
Paris: Hachette, collection "P.O.L.," 1978, 152p.

『십자말풀이』
Les Mots croisés
Paris: Mazarine, 1979, avant-propos 15p., le reste non paginé.

『인생사용법』
La Vie mode d'emploi
Paris: Hachette, collection "P.O.L.," 1978, 700p.

『어느 미술애호가의 방』
Un Cabinet d'amateur, histoire d'un tableau
Paris: Balland, collection "L'instant romanesque," 1979, 90p.

『종결, 그리고 다른 시들』
La Clôture et autres poèmes
Paris: Hachette, collection "P.O.L.," 1980, 93p.

『영원』
> *L'Éternité*
> Paris: Orange Export LTD, 1981.

『연극 I』
> *Théâtre I, La Poche Parmentier précédé de L'Augmentation*
> Paris: Hachette, collection "P.O.L.," 1981, 133p.

『생각하기 / 분류하기』
> *Penser/Classer*
> Paris: Hachette, collection "Textes du 20 siècle," 1985, 185p.

『십자말풀이 II』
> *Les Mots croisés II*
> Paris: P.O.L. et Mazarine, 1986. avant-propos 23p., le reste non paginé.

『53일』
> *Cinquante-trois Jours*
> Texte édité par Harry Mathews et Jacques Roubaud, Paris: P.O.L., 1989, 335p.

『일상 하위의 것』
> *L'infra-ordinaire*
> Paris: Seuil, collection "La librairie du 20 siècle," 1989, 128p.

『기원』
> *Vœux*
> Paris: Seuil, collection "La librairie du 20 siècle," 1989, 191p.

『나는 태어났다』
169
> *Je suis né*
> Paris: Seuil, collection "La librairie du 20 siècle," 1990, 120p.

『L 소프라노 성악가, 그리고 다른 과학적 글들』
> *Cantatrix sopranica L. et autres écrits scientifiques*
> Paris: Seuil, collection "La librairie du 20 siècle," 1991, 123p.

『총전선. 60년대의 모험』
> *L. G. Une aventure des années soixante*
> Recueil de textes avec une préface de Claude Burgelin, Paris: Seuil, collection "La librairie du 20 siècle," 1992, 180p.

『인생사용법 작업 노트』
Cahier des charges de La vie mode d'emploi
Edition en facsimiél, transcription et présentation de Hans Hartke,
Bernard Magné et Jacques Neefs, Paris: CNRS/Zulma, 1993.

『겨울 여행』
Le Voyage d'hiver
Paris: Seuil, collection "La librairie du 20 siècle," 1993.

『아름다운 실재, 아름다운 부재』
Beaux présents belles absentes
Paris: Seuil, 1994.

『엘리스 아일랜드』
Ellis Island
Paris: P.O.L., 1995.

『페렉 / 리나시옹』
Perec/rinations
Paris: Zulma, 1997.

공저

『오묘한 바둑기술 발견을 위한 소고』, 피에르 뤼송, 자크 루보와 공저
Petit traité invitant à la découverte de l'art subtil du go
Paris: Christian Bourgois, 1969, 152p.

『잠재문학. 창조, 재창조, 오락』, 울리포
La Littérature potentielle. Créations, Re-créations, Récréations
Paris: Gallimard/Idées, n° 289, 1973, 308p.

『엘리스 아일랜드 이야기. 방랑과 희망의 역사』, 로베르 보베르와 공저
Récit d'Ellis Island. Histoires d'errance et d'espoir
Paris: Sorbier/INA, 1980, 149p.

『눈먼 시선』, 쿠치 화이트와 공저
L'Œil ébloui
Paris: Chêne/Hachette, 1981.

『잠재문학의 지형도』, 울리포
Atlas de littérature potentielle
Paris: Gallimard/Idées, n° 439, 1981, 432p.

『울리포 총서』
  La Bibliothèque oulipienne
  Paris: Ramsay, 1987.

『사제관과 프롤레타리아. PALF보고서』, 마르셀 베나부와 공저
  Presbytère et Prolétaires. Le dossier PALF
  Cahiers Georges Perec no 3, Paris: Limon, 1989, 118p.

『파브리치오 클레리치를 위한 사천여 편의 산문시들』,

  파브리치오 클레리치와 공저
  Un petit peu plus de quatre mille poèmes en prose pour Fabrizio Clerici
  Paris: Les Impressions Nouvelles, 1996.

역서

해리 매튜스, 『아프가니스탄의 녹색 겨자 밭』
  Les verts champs de moutarde de l'Afganistan
  Paris: Denoël, collection "Les Lettres Nouvelles," 1974, 188p.

—, 『오드라데크 경기장의 붕괴』
  Le Naufrage du stade Odradek
  Paris: Hachette, collection "P.O.L.," 1981, 343p.

171

김호영

작품 해설   공간에 대한 명상

『공간의 종류들』(1974)은 페렉이 생전에 출간한 유일한 에세이라
할 수 있다. 좀더 정확히 말하면, '일반적인' 형식을 갖춘 유일한 산
문집이라 할 수 있다. 이 책을 출간한 후 이듬해에 발표한 『W 또는
유년의 기억』(1975)은 유년 시절에 대한 자전적 산문과 W섬을 배
경으로 펼쳐지는 허구의 이야기가 절반씩 담겨 있는, 독특한 형식의
'에세이-픽션'이다. 또 작가가 꾸었던 꿈들(124개)을 기록한『어렴
풋한 부티크』(1973)와 작가의 기억 속에 남아 있는 과거의 조각들
(480개)을 기술한『나는 기억한다: 공동의 사물들 I』(1978)은, 처
음부터 끝까지 단순한 나열의 형태를 취하고 있어 사색과 정서를 담
는 보편적인 에세이 형식에서는 얼마간 비껴나 있다.

    물론 에세이는 매우 광범위하면서도 유연한 문학양식이라 할   173
수 있지만, 어쨌든 페렉은 이 책에서 낯설고 독특한 형식을 추구하
던 종전의 스타일에서 벗어나 비교적 일반적인 형식으로 공간에 대
한 그의 단상들을 들려준다. 찬찬히 들여다보면, 때로는 기발하기도
하고 때로는 엉뚱하기도 한 단상들에 우리의 삶과 일상에 대한 그
의 섬세한 시선이, 개인적 삶과 사회적 삶의 복잡다단한 관계에 대
한 그의 깊은 성찰이 새겨져 있음을 발견할 수 있다. 또 그 생각들 사
이사이에서 외로웠던 유년기의 기억들로부터 비롯되는 그의 쓸쓸

한 감성을 읽을 수 있고, 도시인으로서 그가 간직해온 예민한 시적 감수성과 작가로서 느끼는 글쓰기에 대한 사명감도 엿볼 수 있다.

책의 내용은, 그가 잘 알고 있는 공간들을 중심으로 가장 작은 공간인 '페이지'에서부터 '침대' '방' '아파트' 등을 거쳐 가장 큰 공간인 '세계'에 이르는 형식으로 구성되어 있다. 각각의 공간에 대한 기술은 예외 없이 몇 가지 중요한 행위를 축으로 진행된다. 질문하기와 생각하기, 분류하기와 기록하기, 기억하기와 상상하기. 페렉의 글쓰기 작업에 근간이 되는 이 행위들을 중심으로 공간에 대한 그의 사유를 되짚어보는 것도 나름 의미 있는 일일 것이다.

질문하기, 생각하기

공간에 대한 페렉의 사색은 끊임없는 질문으로부터 시작된다. 페렉은 이 책에서 그가 살면서 경험했던 모든 공간에 대해 질문하면서 그 본질과 기능에 대해 가장 기본적인 것부터 다시 생각해본다. 즉 '질문하기interroger'와 '생각하기penser'. 가령, 침대의 위치를 바꾸면 방을 바꾼다고 할 수 있는지, 문의 기능은 무엇이며 벽의 기능은 무엇인지, 우리가 거리라고 부르는 것이나 구역이라고 부르는 것의 실체는 무엇인지 등등. 언뜻 단순해 보이는 이 질문들은 우리로 하여금 당연하다고 여겼던 공간의 기능에 대해 숙고하게 하고, 너무나 익숙해서 평소에 전혀 주의를 기울이지 않던 일상의 공간들에 대해서도 그 근본 의미부터 다시 따져보게 한다. 그러면서, 페렉은 종종 아주 신중하고 세심한 방식으로, 때로는 아주 기발하고 낯선 관점으로, 그 공간들에 대해 새로운 정의 또는 의미를 제시하기도 한다. 예를 들어, 그는 '계단'과 '벽'에 대해 이런 단상을 들려준다.

174

> 옛 저택에서는 계단보다 더 아름다운 것이 없었다. 오늘날의 건물들에서는 그보다 더 더럽고, 더 춥고, 더 적대적이고, 더 인색한 것이 없다.(본문 65쪽)

나는 벽에 그림 하나를 건다. 그런 다음 벽이 있다는 것을
잊어버린다. 더이상 벽 뒤에 무엇이 있는지 알지 못하고, 벽
이 있다는 사실도 알지 못하며, 이 벽이 벽이라는 것도 알
지 못하고, 벽이란 게 무엇인지도 알지 못한다…… 하지만
나는 역시나 그림도 잊어버리고, 더이상 바라보지 않으며
바라볼 줄도 모르게 된다. 나는 벽이 있다는 것을 잊기 위
해 벽에 그림을 걸었지만, 벽을 잊으면서 그림 또한 잊는다.
(본문 66쪽)

이처럼 페렉은 막연하게 주어졌던 기존의 의미들에서 벗어나 공간
의 진정한 의미와 기능에 대해 끊임없이 질문하고, 사색하고, 되묻
고, 다시 생각한다. 어찌 보면, 동시대 프랑스 철학의 핵심이었던 들
뢰즈의 '상대화하기relativiser' 개념이나 푸코의 '다르게 생각하기penser
autrement' 개념을 공간에 관한 사유와 글쓰기에서 구체적으로 실천에
옮긴 것이라 할 수 있다.

　　그의 단상들을 따라가다보면, 어느새 '문'은 소통의 공간 혹은
이동을 위한 공간이라는 우리의 상식과 달리 사람들을 "가로막고
갈라놓는" 공간이 된다. 삶의 "공간을 깨뜨리고 나누며, 상호침투를
금지하고, 분할을 강요하는" 무엇이 된다. 문을 통과하기 위해서는,
즉 문턱을 넘기 위해서는, 상호간에 보이지 않는 무수한 전제조건들
이 먼저 충족되어야 하기 때문이다. 또한 그는 우리가 방들에 대해
아주 당연하게 부여했던 기능과 이름을 새롭게 바꿔볼 것을 제안하
기도 한다. 페렉의 제안대로, 일상의 활동에 따라 그리고 24시간의
리듬에 따라 침실, 목욕탕, 부엌, 현관 등으로 부르고 규정해온 것들
을, "일주일의 리듬"에 따라 "월요일실, 화요일실, 수요일실, 목요일
실" 등으로 구분해 사용할 수도 있을 것이다. 혹은 18~19세기 유럽
의 부르주아 대저택에서 행해진 것처럼, "관계 활동"에 따라 "대大응

175

접실, 숙녀용 규방, 흡연실, 서재, 당구실" 등으로 그 기능을 규정해
볼 수도 있을 것이다.

분류하기, 기록하기

공간에 대한 페렉의 이러한 질문하기, 생각하기는 그것에 대한 '분류하기classer'와 '기록하기noter'로 이어진다. 질문하고 생각하고 명상했던 것들을 하나하나 분류해 기록하지 않으면 언젠가는 모두 덧없이 사라질 수 있기 때문이다. 또 다르게 생각하고 끊임없이 되물어보지만 그 어떤 것도 정확한 답을 제시해주지 못하기 때문이기도 하다. 자칫 단순하고 지루해 보일 수 있는 페렉의 분류하기, 기록하기는 그러므로 공간들의 진정한 의미에 좀더 가까이 다가가기 위한 전략이다. 지배적인 관점이나 가치관, 이데올로기 등에 휩쓸리지 않고 공간을 지각하기 위한 노력이다.

　이 책에서 소개되고 있는 것처럼, 페렉은 더 잘 기록하기 위해 공간에 관한 모든 것을 모으고 분류한다. 예를 들면, 아래에서처럼 자신이 태어나서 지금까지 잠을 "잤던 장소들"을 모두 집계해보고 그것들을 어떤 기준을 정해 분류해본다.

1. 나의 방들
2. 공동침실들과 내무반들
3. 친구의 방들
4. 친구를 위한 방들
5. 우연한 잠자리들(긴 의자, 양탄자와 쿠션, 카펫, 야전
   용 침대의자 등)
6. 시골집들
7. 임대용 별장들

8. 호텔방들
   a) 초라한 호텔, 가구 딸린 호텔, 임대용 호텔
   b) 호화 호텔
9. 평상시와 다른 조건들: 기차, 비행기, 자동차 안에서의
   밤들, 배 위에서의 밤들, 보초를 섰던 밤들, 경찰서에서
   의 밤들, 텐트에서의 밤들, 병원에서의 밤들, 뜬눈으로
   지새운 밤들 등.(본문 44~45쪽)

아울러, 페렉은 일상의 공간 안에서 벌어지는 모든 '행동'에 대해서
도 분류하고 기록하는데, 이를테면 이사 나가고 들어올 때 우리가
하게 되는 행위들("정리하기, 분류하기, 선별하기, 제거하기, 버리
기, 싸게 팔기, 깨뜨리기, 태우기" 등등)을 수백 개씩 모아 열거하기
도 하고, 파리의 어느 카페에 앉아 그 시간, 그 장소에서 눈에 보이
는 모든 것을 기록하기도 한다. 실제로 이러한 시도들은 더 구체적
인 작업으로 발전되기도 한다. 예를 들어, 파리의 생쉴피스광장 인
근 장소들(주로 카페들)에서 삼 일 동안 눈에 보이는 모든 것을 기
록한 작업은 「파리의 어느 장소에 대한 완벽한 묘사 시도」라는 글로
완성되었고(『코즈 코뮌』, 1975), 나중에 동명의 단행본(1982년)으
로 출간되었다. 또 그가 살았거나 그의 특별한 기억들이 얽혀 있는
'장소들Les lieux'에 대한 기록(사진 포함)은 1969년부터 1981년까지   177
의 작업을 목표로 꾸준히 실행되었으나, 안타깝게도 도중에 중단되
어 완결되지 못했다.

　　그런데 페렉의 이러한 분류하기, 기록하기에는 한 가지 중요한
원칙이 있다. 어떤 공간을 다루더라도 "흥미롭지 않은 것, 가장 분명
한 것, 가장 평범한 것, 가장 눈에 띄지 않는 것을 적기 위해 노력"할
것. 단번에 우리의 시선을 끄는 것이나 주목할 만한 것이 아니라, 가
장 평이하고 가장 사소하고 가장 흔한 것을 관찰하고 분류해서 기록

하려 애쓸 것. 이는, 우리가 관습적으로 사로잡혀 있는 시청각적 맹목성과 고정관념으로부터 벗어나기 위해서다. 일상의 공간에서 벌어지고 있는 것들 중 특이한 것, 예외적인 것, 놀라운 것들에만 주위를 기울이고 커다란 사건이나 스캔들, 구경거리에만 관심을 두는 우리의 상투적인 의식과 행동에서 벗어나기 위해서다.

　거의 모든 매체와 거의 모든 사람은 이 특별한 것들에 대해서만 얘기하고, 보통의 것이나 평범한 것에 대해서는 입을 다문다. 그로 인해, 우리의 의식과 시선 역시 일상의 틀에서 벗어나는 예외적인 것들에만 향해 있다. 페렉은 잡지 『코즈 코뮌』에 발표한 글 「무엇에 대한 접근?Approches de quoi?」(1973)에서, 그런 모든 특별한 것보다 "매일 일어나는 것, 매일 되풀이되는 것, 진부한 것, 일상적인 것, 분명한 것, 일반적인 것, 보통의 것, 보통 이하의 것"에 관심을 가져야 한다고 주장한다. 다른 무엇보다 "익숙한 것에 질문하기interroger l'habituel" 위해 노력해야 하고 그 질문과 대답들을 어떻게 기록할지 고민해야 한다고 강조한다.

기억하기, 상상하기

그런데 일상의 공간을 이루는 평이하고 사소한 것들에 대한 페렉의 분류와 기록 행위는 단지 정보들의 집적만을 목적으로 하는 것이 아니다. 얼핏 무미건조하고 무료해 보일 수 있는 분류하기, 기록하기는 작가 페렉에게 또다른 중요한 작업을 위한 일종의 준비단계라 할 수 있다. 한편으로 그것은 우리의 삶의 '진짜' 요소들에 대한 끈기 있고 충실한 증언이 되지만, 다른 한편으로는 작가의 글쓰기 작업의 궁극적 목표라 할 수 있는 '기억하기se souvenir'와 '상상하기imaginer'의 밑바탕이 되기 때문이다. 일상의 공간들에 대한 그 중성적인 분류와 기록은 그 자체로 무수한 과거의 기억을 담고 있는 창고이자 자유로운 상상력이 펼쳐질 수 있는 출발점이 된다.

178

실제로 페렉은 자신이 '잠을 잤던 장소들'을 집계하고 분류하고 기록하면서도 그러한 기록이 언제든 그를 거대한 기억의 세계로 데려갈 수 있음을 인지하고 있다. 스스로 밝힌 것처럼, 그는 특히 '방'에 대해 남다른 기억력을 갖고 있는데, 자리에 누워서 눈을 감고 조금만 집중하면 자신이 잤던 방에 대해 "모든 세부적인 것, 문과 창문의 위치, 가구 배치"까지 기억해낼 수 있다. 심지어 "그 방안에 다시 누워 있는 듯한 거의 신체적인 감각"까지 되살려낼 수 있다. 언제든지 기록하기에서 기억하기로, 기억하기에서 기록하기로 이동할 수 있는 특별한 능력을 지니고 있는 것이다.

> 문을 열면, 침대가 거의 곧바로 왼쪽에 놓여 있다. 아주 좁은 침대고, 방 역시 아주 비좁으며 폭에 비해 그리 길지도 않다(침대 너비는 문보다 겨우 몇 센티미터 정도 더 넓고, 방 너비는 일 미터 오십 센티미터가 채 안 넘는다). 침대 연장선상에 행거식 옷장이 있다. 안벽에는 내리닫이창이 있다. 오른쪽에는 내가 많이 사용하지 않았던 것 같은, 덮개 달린 대리석 세면대가 있고 대야와 물병이 있다.
> 　확신하건대, 침대 정면에서 왼쪽 옆벽 위에, 액자에 끼운 복제화 하나가 걸려 있었다. 그저 그런 저속한 채색그림은 아니었고, 아마도 르누아르나 시슬리의 복제화였을 것이다.(본문 41~42쪽)

179

공간에 대한 이러한 그의 특별한 기억능력은 그의 남다른 유년기와도 관련되어 있다. 아주 어린 나이에 전쟁으로 부모를 잃고 세상에 홀로 내던져진 그는, 자신을 둘러싼 공간들에 대해 공포와 막막함을 느끼면서도 자연스럽게 그에 대한 예민한 감각을 키울 수밖에 없었을 것이다. 이 때문에, 공간에 대해 분류하고 기록하는 그의 모

든 행위는 언제든 거대한 기억의 세계로 들어갈 수 있는 준비작업
이 된다. 공간에 대한 그의 특별한 감각과 기억력은 아주 사소한 단
편들, 아주 하찮은 사건들까지 되살아나게 할 수 있고, 그로부터 거
대한 과거의 지층 전체를 되돌아오게 할 수 있다. 그의 표현처럼, 그
에게 공간은 언제든 '프루스트의 마들렌' 과자처럼 기능할 수 있는
것이다.

　　한편, 공간에 대한 분류와 기록은 '상상하기'라는 특별한 행위,
즉 작가로서 페렉이 수행해야 할 매우 중요한 행위의 준비작업이기
도 하다. 이 책에서 우리는 공간에 대한 페렉의 질문하기/생각하기
가, 분류하기/기록하기로 이어지고 다시 상상하기로 발전하는 것을
자주 발견할 수 있다. 가령, '거리'에 관한 장에서 페렉은 거리의 정
의에 대해 질문하고 거리를 이루는 모든 요소―번지, 자동차 전용구
역, 보행자 전용구역, 주차구역, 나무, 철책, 가로등, 정류장, 공공 벤
치, 우체통, 쓰레기통, 신호등, 도로표지판, 금속 말뚝, 도랑, 횡단보
도 등―의 기능에 대해 정확히 따져보려 애쓴다. 그러한 질문하기/
생각하기는 곧 분류하기/기록하기로 이어져, 파리 시내의 한 카페
테라스에 앉아 눈에 보이는 거리의 모든 요소―사람들, 건물들, 자
동차들, 상점들, 카페들, 신문가판대, 포스터, 교통표지판, 낙서, 땅
에 버려진 광고전단지, 상점 간판, 버스, 개, 고양이 등―을 분류하
고 기록하는 작업이 진행된다. 그리고 그런 기록하기의 끝에 마침내
상상하기가 개입된다. "홍수 같은 비가 내리게 하기, 모든 것을 부
수기, 풀이 돋아나게 하기, 사람들을 암소들로 대체하기, 박거리와
생제르맹대로의 교차로에서 킹콩 혹은 텍스 에이버리의 강력한 생
쥐가 건물 지붕들보다 백 미터 더 높은 곳에 나타나는 것을 보기!"
(본문 88쪽)

　　다시 말해, 페렉에게 일상의 모든 공간은 그 상태 그대로 상상
하기의 무대이자 대상이 될 수 있다. 가장 평범하고 친숙한 공간이

180

가장 흥미로운 상상의 무대가 될 수 있는 것이다. 페렉은 그가 특별히 좋아하는 공간인 침대에 누워서 "평온한 시선으로 천장을 바라보는 것을 좋아"하는데, 그러면 천장과 그 장식들은 자주 "시적 영감의 장소가 되어주고" 환상과 상념의 단어들로 뒤얽힌 "미로들"이 되어준다. 또, 유년 시절의 침대는 모험소설을 읽는 어린 페렉에게 "모피 사냥꾼의 오두막집이 되었다가, 거센 풍랑의 대서양 위를 떠도는 구명보트가 되었으며, 화마가 덮쳐오는 바오바브나무, 사막에 친 텐트, 몇 센티미터 옆으로 아무것도 얻지 못한 적들이 지나가는 자비로운 구덩이"(본문 34쪽)가 되어주었다. 이처럼 일상의 모든 공간은 분류와 기록의 대상이자 동시에 상상의 대상이 될 수 있다. 페렉이 지루할 정도로 꼼꼼하게 관찰하고 분류하고 기록하는 일상의 평범한 공간들은 어느 순간 매력적인 공상과 상념이 펼쳐지는 훌륭한 상상공간이 될 수 있는 것이다.

그리고 글쓰기

공간에 대한 이러한 모든 행위는 결국 '글쓰기écrire'로 수렴되고 귀결된다. 익숙한 삶의 공간들에 대해 질문하고 다르게 생각해보는 행위들, 평범한 공간들을 관찰하고 분류해 기록하는 행위들, 또 그로부터 무한한 기억과 상상의 지대를 탐사하는 행위들은, 글쓰기를 거쳐야 비로소 고정되고 귀착될 수 있다. 공간을 붙들고 공간에 의미를 부여할 수 있는 것은 결국 글쓰기뿐이다.

181

페렉이 볼 때 공간은 항상 "질문"이고 "의심"이다. 공간은 명확하지 않은 것이고 고정되지 않는 것이며, 따라서 결코 정의할 수 없는 것이다. 공간은 어느 누구에게도 온전히 주어진 적이 없고, 어느 누구에도 영원히 종속되지 않는다. 또한 공간은 부서지기 쉬우며, 시간에 의해 끊임없이 마모되고 와해되다가 사라진다. 어떤 공간도 그 이전과 동일할 수 없고, 그 이후와도 같을 수 없다.

그러므로 "시간이 데려가기" 전에, "모래가 손가락 사이로 빠져나가는 것처럼 사라지기" 전에 공간을 고정시켜 놓아야 한다. 반복하지만, 작가 페렉에게 방법은 오직 하나, 글쓰기뿐이다. 페렉은 글쓰기를 통해 끊임없이 공간을 기록하고 묘사하면서 "공간으로부터 무언가를 붙잡아두려" 한다. 비록 그것이 하나의 흔적이나 얼룩 같은 것이라 해도, 공간을 이루는 그 무언가를 종이 위에 고정시켜 살아남게 하려 한다. 우리의 일상의 일부이거나 배경이었던 공간들을 기록하고, 그로부터 무한한 기억과 상상을 거쳐 우리의 삶 자체를 드러나게 하는 것. 그리하여, 그 자신의 표현처럼, 우리의 현재에 대해 이야기하고 우리 안에 뿌리박혀 있던 것들에 대해 이야기해줄 "우리 자신의 인류학notre propre anthropologie"을 구축하는 것(「무엇에 대한 접근?」). 이것이야말로 그의 '글쓰기'와 '삶'을, 혹은 그의 '글쓰기의 삶'을 오랫동안 지탱해주고 가동시켜준 동인이라 할 수 있다.

> 글쓰기: 무언가를 붙잡기 위해, 무언가를 살아남게 하기 위해 세심하게 노력하기. 점점 깊어지는 공허로부터 몇몇 분명한 조각들을 끄집어내기, 어딘가에 하나의 홈, 하나의 흔적, 하나의 표시, 또는 몇 개의 기호들을 남기기.(본문 153쪽)

182

지은이 조르주 페렉Georges Perec

1936년 파리에서 태어났고 노동자계급
거주지에서 어린 시절을 보냈다. 이차대전에서
부모를 잃고 고모 손에서 자랐다. 소르본
대학에서 역사와 사회학을 공부하던 시절
『라 누벨 르뷔 프랑세즈』 등의 문학잡지에
기사와 비평을 기고하면서 글쓰기를 시작했고,
국립과학연구센터의 신경생리학 자료조사원으로
일하며 글쓰기를 병행했다. 1965년 첫 소설
『사물들』로 르노도 상을 받고, 1978년
『인생사용법』으로 메디치 상을 수상하면서 전업
작가의 길로 들어섰으나, 1982년 45세의 이른
나이에 기관지암으로 작고했다. 길지 않은 생애
동안 『잠자는 남자』『어렴풋한 부티크』『공간의
종류들』『W 또는 유년의 기억』『나는 기억한다』
『어느 미술애호가의 방』『생각하기/분류하기』
『겨울 여행』 등 다양한 작품을 남기며 독자적인
문학세계를 구축했으며, 오늘날 20세기 프랑스
문학의 실험정신을 대표하는 작가로 꼽힌다.

옮긴이 김호영

서강대학교를 졸업하고 프랑스 파리8대학에서
조르주 페렉 연구로 문학 박사학위를, 고등
사회과학연구원EHESS에서 영화학 박사학위를
받았다. 현재 한양대학교 프랑스학과 교수로
재직중이다. 지은 책으로 『프레임의 수사학』
(2022), 『아무튼, 로드무비』(2018), 『영화관을
나오면 다시 시작되는 영화가 있다』(2017),
『영화이미지학』(2014), 『패러디와 문화』(공저,
2005), 『유럽 영화예술』(공저, 2003), 『프랑스
영화의 이해』(2003) 등이 있고, 옮긴 책으로
『미지의 걸작』(2019), 『겨울 여행/어제 여행』
(2014), 『인생사용법』(2012), 『어느
미술애호가의 방』(2012), 『시점: 시네아스트의
시선에서 관객의 시선으로』(2007), 『영화 속의
얼굴』(2006), 『프랑스 영화』(2000) 등이 있다.

조르주 페렉 선집 6
공간의 종류들

1판 1쇄	2019년 8월 30일
1판 6쇄	2024년 2월 2일
지은이	조르주 페렉
옮긴이	김호영
기획	고원효
책임편집	송지선
디자인	슬기와 민 인진성
저작권	박지영 형소진 최은진 서연주 오서영
마케팅	정민호 서지화 한민아 이민경 안남영
	왕지경 황승현 김혜원 김하연 김예진
브랜딩	함유지 함근아 고보미 박민재 김희숙
	박다솔 조다현 정승민 배진성
제작	강신은 김동욱 이순호
제작처	상지사
펴낸곳	(주)문학동네
펴낸이	김소영
출판등록	1993년 10월 22일
	제2003-000045호
주소	10881 경기도 파주시 회동길 210
전자우편	editor@munhak.com
대표전화	031-955-8888
팩스	031-955-8855
문의전화	031-955-1927(마케팅)
	031-955-2685(편집)
문학동네 카페	http://cafe.naver.com/mhdn
인스타그램	@munhakdongne
트위터	@munhakdongne
북클럽문학동네	http://bookclubmunhak.com
ISBN	978-89-546-5754-9 03860

잘못된 책은 구입하신 서점에서 교환해드립니다.
기타 교환 문의: 031) 955-2661, 3580
www.munhak.com